透明人間は204号室の夢を見る

奥田亜希子

集英社文庫

透明人間は２０４号室の夢を見る

目に見えない本がある。

書棚にあるその本を、誰も手に取らない。視線も向けない。それはオンライン書店においても同様で、在庫数はいつ確認しても減っておらず、読書家が集うＳＮＳにも、もう一年以上、新しい感想は投稿されていない。実はこの本は自分にしか見えないのではないかと、実緒《みお》はときどき不安に駆られる。しかし、現実に本はある。店頭で触れることも可能なら、新聞の書評欄で紹介されたこともある。本は確かに存在している。

だけど見えない、私以外の誰にも。

茄子紺《なすこん》の背表紙は、いつもの場所にまだあった。本棚番号６０８、六段に仕切られた棚の、上から三番目。右隣に映画化常連のベストセラー作家、左隣に還暦を超した大御所作家という並びも、前に見たときと変わらない。両脇のきらびやかさに、本はいささか居づらそうだ。深い紫に刻まれたタイトルと著者名は白く、配色こそはっきりしているものの、まるで尼のように密《ひそ》やかな佇《たたず》まいだ。それでもまだ置かれていたことに、実緒は詰めていた息をそっと解放した。

茄子紺の本から少し離れたところに立ち、黄色い装丁の本を手に取った。最近よく名前を見かける作家の最新作だ。なんの気なしにページをめくってみたが、文章はやはりまったく頭に入ってこなかった。実緒の集中力のほとんどは、依然として茄子紺色の本に割かれている。この本に伸びてくる手を、実緒はずっと待っていた。

　クラシックがかすかに流れている。静かな旋律が紙の繊維に溶けていく。同じ姿勢で立っていたため、気がつくと実緒の手足は軽く痺《しび》れていた。背中合わせの本棚の両端には、話題の本や新刊が平積みされている台がある。筋肉をほぐしがてら、実緒はそちらへ移動した。608の書棚に対して、今度は身体《からだ》の向きが垂直になる。しかし、少し首を左に傾ければ、引き続き茄子紺の本を確認することができた。

　駅ビルの最上階を占める大型書店だった。ベージュと茶色で市松模様の描かれた床に、焦茶色の書架が林立している。平日の真っ昼間、賑《にぎ》わっているのは雑誌や漫画、文庫本の売り場ばかりで、実緒がいる文芸書のあたりは空いていた。見通しのよさには助けられたが、そもそも小説の単行本を求めて来る客が少なく、ふと、途方もないことに挑んでいるような気持ちになった。

　本を並べていた店員が、ちらりとこちらを見た。怪しまれている。そんな気がして、実緒はとっさに近くの本を手に取った。カバーはおつけしますか、とレジで訊《き》かれた瞬間、それがあまり読まないホラー小説だと気づいたが、もはや引き返せるわけもない。

　店のロゴが入った袋を、ぎこちない仕草でバッグに入れる。俯《うつむ》き、足早にエスカレーターへ向かった。顔を覆うように鎖骨まで垂れる黒髪に、ぼろぼろのスニーカー、そして、折りたたまれたジーンズの裾が視界に映る。斜めがけにしたナイロン製のバッグは、腰のあたりで揺れていた。

垢抜《あかぬ》けていないどころか、二十三歳の女に不似合いな格好だということは分かっていた。髪型には軽やかさがなく、スニーカーは五年前に買った安物だ。ジーンズは、脚の長さに合わせたほうがよかったのだろう。だが実緒は、店員に裾上げを頼むことができない。裾をきれいに切ってもらったところで、自分を見る人はいないという内なる囁《ささや》きに、どうしても抗《あらが》えなかった。

そのまま店を出るつもりだったが、エスカレーターの前まで来たとき、雑誌売り場が目に留まった。実緒が記事を寄せた旅行誌が、ちょうど昨日出たはずだ。関東南部にある昔からの観光地を特集した号で、送ってもらった資料や市役所のホームページを参照し、各種祭りから花火大会、海開きの日付などのイベント情報を見開き二ページにまとめた。それなりに上手く書けた覚えがあった。

杖《つえ》を携えた老人からベビーカーを押す母親まで、雑誌売り場は活気に満ちていた。表紙もろくにあらためず、摑《つか》んだ雑誌をすぐさまレジに持っていく男がいて、読んでいたものをやにわに閉じ、慌てた様子で店をあとにする女がいる。文芸書の売場とは、まったく雰囲気が違っていた。心なしか、インクの匂いも華やいで感じられる。そんな中、実緒は件《くだん》の旅行誌を探した。平積みの一番上を取ろうとしたとき、別の手がそれをさらった。

中年の女だった。三月ながら汗ばむ陽気だというのに、黒のロングコートを着ていた。化粧は厚く、皺《しわ》の寄った指には大ぶりの指輪がいくつもはまっている。その場で雑誌をめくり始めた女の赤い爪の先を、実緒は息を殺して見つめた。女は巻頭のグルメ特集に目を通すと、すぐさま雑誌を台に戻した。イベント情報のページは開かれなかった。

実緒はときどきライターのような仕事をしている。データをまとめる記事が多く、小説のように、意識の奥から言葉を引きずり出して書くことはまずない。ペンネームも載らない。それでも、読んでもらえなかった、と胸のうちで呟《つぶや》くと、意識は情けなくたわんだ。自分の書くものは、まさか本当に人の目に留まらないのか。気がつくと、文芸書の売り場に戻っていた。

手に取らなくても、実緒は茄子紺の本のことなら隅々まで知っていた。表紙の紙のすべらかな手触り、装画の白い生物は薄気味悪くも寂しげで、人の心を惹《ひ》きつける。タイトルの凛《りん》とした形のフォントや、「佐原澪《さはらみお》」と著者名の入っている位置まで、詳細に思い浮かべることができた。茄子紺の本は、実緒のデビュー作だった。六年前に、とある出版社の新人賞を受賞したのだ。

当時は実緒が高校生だったこともあり、本好きのあいだではちょっとした話題になった。だが今では、実際の書店ではまず見かけない。都内最大規模の店にもなく、一年前、ここで発見したときには驚いた。死んだと思っていたものが目の前で蘇生《そせい》したような喜びに駆られ、打ち震えた。

それからたびたび覗《のぞ》きに来ている。動機の半分は、絶滅危惧種を見守るような気持ちで、もう半分は、自著が買われる瞬間を見たいという願望だった。

帰る前にもう一度だけ、と、ふたたび６０８の書棚に向かった。期待はしていなかった。自著に一瞬触れた人さえ、いまだ見たことがないのだ。習慣に突き動かされただけだった。だから、人影に気づくのに少し遅れた。踏み出しかけた足を慌てて引っ込め、棚の陰に隠れる。首を伸ばし、相手の様子をうかがった。

大学生風の男だった。煉瓦色《れんがいろ》の服を着て、黒いチノパンを穿《は》いている。腹と背のあいだは薄く、紙を思わせる頼りなさだった。その体軀《たいく》に角の張ったリュックサックを背負っているから、バッテリーを担いだロボットにも見える。黒い髪は耳を隠すほどに長く、少しうねうねとしていた。右斜め後ろの実緒の位置からでは、顔の造作までは分からなかった。

茄子紺の本のちょうど正面に、男は立っていた。実緒は唾を飲む。だが、期待してはいけない。一つの棚には数百の書籍が収まっている。色とりどりの帯や、書店員手製のPOP《ポップ》広告。さまざまな本が、さまざまな方法で男の気を惹こうと必死になっている。

男の右腕が挙がった。棚の三段目に手が伸びていく。長い人差し指が、背表紙の上部を捉える。本を引き抜こうとする筋肉の動きまで、実緒にはくっきりと見えるようだった。血液が猛スピードで耳の後ろを流れていた。

一冊の本が、男に導かれて列から顔を出した。茄子紺色だった。

東京、それも都心部だったことに助けられた。誰かを初めて追跡する実緒の歪《いびつ》な足音を、熱すぎる視線を、人の多さはあっさり掻《か》き消してくれる。数メートル先を行く男の背に、警戒心はまるでない。実緒はただ相手を見失わないよう心がけていればよかった。

男はエスカレーターで二階まで下りると、駅構内に続く連絡通路を進んだ。券売機には目もくれず、IC乗車券と思われるカードを当て、改札を通過する。実緒もあとに続いた。ピッという電子音を聞きながら、IC乗車券の手続きをしておいて本当によかった、と思った。これを持ったら芯まで東京に染まる気がして、五年前に東海地方から上京して以来、実緒は電車に乗るたび切符を購入していた。だが、故郷と違い、複雑に絡まった路線には一向に慣れることがなく、間違えれば余計な精算が必要になる。二ヶ月前に乗り間違いが原因でアルバイトに遅刻して、ようやく切り替える決心をしたのだった。

一つ隣のドアから、実緒も青色の電車に乗り込んだ。座席はすべて埋まり、人がちらほら立っていた。ふと髪がそよぐのを感じて天井を見上げると、エアコンが稼働していた。羽根が緩やかに開閉し、冷風を送り出している。乗客の中には、すでに半袖姿の男もいた。着物の女は、ハンカチで押さえるように額の汗を拭っていた。

がたいのいいビジネスマンの後ろに半身を隠し、改めてリュックサックの男を見た。煉瓦色の服は実はカーディガンで、下に白い綿のシャツを着ている。目が大きく、鼻は小ぶりで唇が薄い。眉毛はやや垂れている。きれいな人だと思った。教師からの信頼が厚く、誰のこともからかわずに、誰からもからかわれない。中高生のころ、一クラスに一人はいた、まっすぐに育った人間の品格を感じた。

次の駅で席が空くと、男はリュックサックを膝に置いて座り、文庫本を読み始めた。さきほどの書店では、実緒の本は買われなかった。数枚のページがめくられただけで、すぐに棚に戻された。隣の本に引っかかって帯が破れないよう、丁寧に本を差し込む仕草を認めたとき、実緒はますます血が熱くなるのを感じた。このまま彼と別れてはいけない。そう思った。

男は三つ目の駅で下車した。近くに大きな総合大学があり、学生の街として知られている界隈だった。駅から一歩出た途端、浮き足だった雰囲気が肌を刺した。無数の居酒屋の看板に、学生ローンの文字。どれも色使いが激しい。花見に行くのか、若者の集団がそこら中にいて、弾《はじ》けるような笑い声が聞こえた。そのたび実緒は黒目を忙《せわ》しなく動かした。

誰かと落ち合ったり、大学のキャンパスに入ったりされたら、それ以上はさすがに尾行できない。だが、実緒の懸念を吹き飛ばすように男は喧噪《けんそう》から離れ、細い道をどんどん進んでいった。実緒は相手に気づかれないよう、さりげなく距離をとった。時折あたりを見回し、頷《うなず》いたり首を傾《かし》げたりして、散歩に興じているように見せかける。男本人にではなく、どこにいるかも分からない第三者に向かって演技をしているつもりだった。

やがて男は白いタイル張りのマンションに入っていった。オートロックらしく、入口のガラス扉の奥に、自動ドアがもう一枚あった。一階は駐車場で、大学生向けに建てられた住居のような親しみやすさはない。二階と三階には、ベランダの柵が四つずつ設置されていた。

実緒はマンション向かいの自動販売機の前に立ち、背中で気配を探った。今日は汗ばむ陽気だ。留守中締め切られていた部屋は、かなり蒸しているはず。果たして、カラカラと軽やかな音がして、どこかの部屋の窓が開いた。首をわずかに捻《ひね》る。二階の角部屋に、煉瓦色の人影がちらりと見えた。

急に喉の渇きを感じ、実緒は硬貨を入れて、ミルクティーのボタンを押した。あの部屋の中は、一体どうなっているのか。彼は今、あそこでなにをしているのか。缶を額に当てる。脳が震えるような冷たさが心地良く、実緒はしばし目を瞑《つむ》った。

マンションから少し離れたところでスマートフォンを操作し、地図のアプリケーションを開いた。現在地から男のマンションの位置を特定する。かすかに震える指で、赤い印をつけた。印はまるで心臓のように、ぴこぴこと点滅を繰り返した。

ベッドに横たわり目を閉じて、ゆっくり五つ深呼吸をすれば、身体はみるみるうちに透けていく。頬からシーツの肌触りが消え、全身から骨と肉の重みが失《う》せる。顔のあった場所に手を運んでも、もうなんの感触も得られない。手が頭部を通り抜けていくイメージだけが、鮮烈に脳裏に浮かぶ。

今、私は透明人間だ。

実緒は強く思う。これから自分はあの人のところに行く。

実現不可能なことは想像すればいい。細部にまで強度のある想像ができれば、それは経験したのと同じこと。そんな考えのもと、実緒はこれまでの二十三年間を生きてきた。頭の中に綿密に思い描くことで、どこにでも行けた。遠足や文化祭の日など、居場所を見つけられないときには想像を巡らせればよかった。社会科の教師が話していた鳥葬の国、歴史の授業で聞いた百年前の日本、国内に国外に幻想の世界にまで、実緒は行ったことがある。

瞼《まぶた》を開ける。目の前に手をかざす。爪も指も、きれいに透けている。玄関のドアをすり抜け、外に出た。日差しが強かったが、日向《ひなた》をいくら歩いても影は現れなかった。足の裏には空気の塊に似た感触だけがあり、アスファルトの凹凸は分からない。暑さ寒さも感じなかった。時折強い風が吹いたが、空気の流れは実緒の身体をやすやすと通過していった。

十七分ほど歩くと、都内有数の乗降客数を誇る駅に到着する。人が引っ切りなしに出入りしているが、誰一人自分には気づかない。正面から来る人を避《よ》けなくても、まっすぐに足を動かせば、最短距離で目的地まで辿《たど》り着けた。

実緒は人混みが苦手だ。すぐ人にぶつかる。手足の動き、視線などから相手の行きたい方向を読み取れない。肩が触れあう程度でなく、ほとんど正面衝突することもある。実緒は何度も深く頭を下げて、謝罪する。だが、どれだけ詫《わ》びても反応がない。恐る恐る顔を上げると、ぶつかった相手はとっくにいないのだった。

ドアが開く前に、車体を通過して電車に乗り込んだ。中の混雑も実緒には関係ない。幼児を抱いた女と、その夫らしき男のそばに立つ。ふいに妻が身体を捻り、実緒の胸と幼児の顔が重なった。ふっくらと煮た黒豆のような目を、実緒はじっと見下ろした。

次の駅で幼児と別れ、青色の電車に乗り換えた。男のマンションまでの道のりは、もはや完璧に把握している。何度も地図を見返していた。春のぬるい空気の中、マンションは白いタイルを燦然《さんぜん》と光らせ建っていた。ガラス扉に腕を伸ばしてみる。手はなにからも遮られることなく、あっさり扉を通り抜けた。もちろん、オートロックも容易に通過し、実緒は二階へ続く階段を探した。たった一度見かけただけの人だ。それなのに、あの人のすべてが素晴らしく思えて堪《たま》らない。むしろ時間が経《た》つほど、焦燥に似た思いは膨らんでいく。

ベッドの上で、実緒はシーツを強く握り締めた。あの人の部屋まで、あとわずか。想像力を総動員させて、中の様子を思い描かなければならない。

電源を入れると、唸《うな》り声と共にノートパソコンが動き出した。起動が完了するまでにコーヒーを淹《い》れようと、台所へ移動する。完全に沸騰してから、インスタントコーヒーが入ったマグカップに湯を注いだ。香ばしい湯気が鼻先を湿らせる。東京の水は臭いから、必ず煮沸させて飲むよう親から言われたことを、実緒はきちんと守っている。本当に臭いのかは、そのまま飲んだことがないので分からない。

台所と洋間のあいだは、すりガラスの格子戸で仕切られていた。真っ暗な部屋の中、パソコンのモニターが生気のない光を放っている。床はフローリングだが、もともと和室だったものをリフォームしたらしく、収納スペースは上下二段に分かれ、押し入れを彷彿《ほうふつ》とさせた。天井も木目で、中央からぶら下がる照明は、ドーナツ形の蛍光灯に四角い笠《かさ》を被《かぶ》せたものだった。

巨大ターミナル駅から徒歩十七分、築四十年、二階角部屋、家賃四万八千円。親からは防犯面を心配されたが、実緒は大丈夫だと押し切った。堅牢《けんろう》だったり瀟洒《しょうしゃ》だったりする物件に、自分は住むべきでない。そんな確信があった。

小学生のころ、クラスで一番華やかな女子と同じペンケースを買ったことがある。彼女に憧れてのことではなく、赤いチェックのフェルト製で、小ぶりなポーチほどの大きさが、実緒には魅力的に思えた。つまりは実用面に惹かれたのだ。店で同じものを見かけたとき、実緒はごく自然にレジへと持っていった。

翌日、ペンケースを机に出すと、教室が静かにざわめいた。数人の女子が寄ってきて、それリナちゃんと一緒じゃない、と吐き捨てるように言った。隣の席の男子は、身のほどをわきまえろよ、と呟いた。彼の大人びた口調を、実緒は今でもときどき思い出す。

パソコンデスクにマグカップを置いた。デジタルな光が、コーヒーの湯気をさらに白く照らす。メールソフトを立ち上げ、受信ボタンを押した。封筒形のアイコンがぐるぐる回転するあいだ、実緒の心臓はいつも緊張で軽く痛む。まだ自分を気にかけている人がいると思いたい。しかし、今日はライター業の依頼はおろか、ダイレクトメールの一通も受信しなかった。

ワープロソフトを開き、昨日の続きに着手した。三、四十代女性を対象にしたファッション誌、その読者ページの作成を引き受けていた。アンケート結果から面白いコメントを抜粋し、編集部の意向に沿った誌面を完成させる。来月号のテーマは「ゴールデンウィークの思い出」で、読者の配偶者や子どもとの微笑《ほほえ》ましいエピソードを、キーボードでぱちぱちと打ち込んでいった。誤字脱字や文法の誤りは修正して、文字数を調整するため、ときには文章にも手を入れる。言葉を書き連ねていくというよりも、パズルゲームに似た行為だった。

社会を知る機会になるかもしれない、と当時実緒を担当していた編集者は言った。それに、読み手を意識して文字を打ち込むことは、文章の訓練になる。収入は小遣いにもならないけれど、気分転換にやってみたら？　少し小説から離れてみたほうが、もしかしたら書けるようになるかもしれないよ。

実緒がデビューした出版社から、四年前、新しい雑誌が創刊された。それに記事を書いたのが、実緒のライター業の始まりだった。とはいえ、やっているのはささやかなことばかりだ。読みものになる記事は書かない。何度か挑戦したものの、人と上手《うま》く話せないため、取材が成立しないのだった。今は外に出なくても書けるものを、一ヶ月に数点請け負っている。

読者ページに区切りをつけると、インターネットブラウザを立ち上げた。まずはポータルサイトへ、次に大手のオンライン書店のページに繋《つな》ぎ、さらに読書家が利用するSNSを経て、最後にユーザーが短文を呟けるコミュニケーションツールへ飛ぶ。四ヶ所すべてで、自著のタイトルを検索した。自分に関する新しい評価はないか、実緒は一日と欠かさず調べている。だが、最近は検索結果に動きがないため、新着の感想ではなく、感想がないことを確認しているような錯覚に駆られていた。

書かなくては、自分の言葉を書かなくては、いつか本当に消えてしまう。実緒はふたたびワープロソフトを起動させた。あの駅ビルの書店にも、本は永遠には置かれない。返品される日が来るか、あるいは奇跡的に売れたとしても、補充されることはないだろう。本自体が絶版になれば、オンライン書店でも買えなくなる。出版の世界から弾き飛ばされて、二度と戻ってこられなくなる。

まっさらな画面を見つめる。意識は眉間の奥あたりに潜らせて、身体は微動だにしない。言葉を探すとき、実緒は決して目を閉じない。限界まで瞬《まばた》きもせず、向こう側を見透かそうとするように、モニターの一点へと視線を注ぐ。

まず一言、なんでもいい。一言打ち込めば、言葉は言葉を呼んで文章に化け、文章は書き手の真意をすくうように意味や物語を孕《はら》んでいくはずだ。一言目がなければ二言目はない。一文目がなければ、二文目もない。

散々考えた末に、桃色の花びらが、と入力した。だが、次の言葉は現れない。仕方なく、なにかを手放すように散っていく、と続けてみる。しばらく待ったが、次の文章もやはり出てこない。乾いたスポンジを絞るようにして、桜が散る様子を無理矢理に綴《つづ》った。

五行ほど書いたところで、だからなんだ、と、破壊的な衝動が込み上げてきた。ありきたりで独創性がなく、軽薄で、退屈で、無意味だ。バックスペースキーを力いっぱい長押しし、ページを白に戻した。書けないとちらりとでも思えば、心は逃げるように書く意味を疑い始める。だいたい、書いたところで誰が読むというのか。三年前に担当が替わってから、編集者とのやり取りは激減した。どんどん書いてと催促されることも、なにか書きたいものはあるのかと近況を尋ねられることもない。

デビューから半年後、文芸誌に中編が掲載された。さらに一年後、同じ雑誌に今度は短編が載った。そのあと、書いても書いても編集者から渋い顔で却下される時期が来て、そして四年前、とうとう書けなくなった。いっときは一文字も打てず、かろうじてそこを脱してからも、十行は超えられない。十行ではメモ書きも同然だ。

書けないときの苦しみは窒息に似ている。浜に打ち上げられて、ぱくぱく口を開いている魚の気分だ。必死に跳ね、もがいても、一向に酸素は得られない。

すがるようにスマートフォンを摑んだ。地図のアプリケーションを開き、登録地から男のマンションを呼び出す。線だけで構成された街の上で、赤い丸が点滅し始める。その瞬きを凝視し、実緒はまじないのように呟いた。

「まだいるまだいるまだいる」

想像の中で、男の部屋は白と明るい茶色に統べられている。ものは少ない。部屋の中央にはソファが置かれている。座面がほどよく柔らかく、どんな姿勢も受け止めてくれる、一人掛けのソファ。なにも予定がない日、彼はそこで本を読んで過ごす。

書かなくては。私には書くことしかないのだから。

実緒はふたたびモニターの奥に目を凝らした。


その日、午後一番の授業は水泳だった。弁当で膨らんだ胃を抱え、実緒は更衣室に移動した。水泳の授業の前は誰も彼もうんざりした表情になるが、昼食のすぐあととなればなおさらで、皆、上履き用のスリッパを引きずって歩いていた。実緒の通っていた高校のプールは古い。プールサイドのコンクリートには無数のひびが走り、その隙間からは雑草が生えている。更衣室やシャワーにも年季が入っていた。

だが、実緒は週に三日の水泳の授業が楽しみだった。親の勧めを断れずに始めた数々の習いごとの中、唯一長く続いたのがスイミングで、速くは泳げず、フォームも美しくなかったが、水の中にいると無性に落ち着いた。誰の声もはっきりと聞こえないのがよかった。

更衣室は日焼け止めの匂いで満ちていた。水が汚れるからと体育教師は使用を禁止していたが、守っているのは実緒だけだった。外見の向上に力を入れている女子だけでなく、普段は制服を校則どおりに着ているような子も、白い液を手のひらに垂らし、肌に塗りつけ笑っている。日焼けを防ぐことがなにをもたらすのか、実緒にはいまいち理解できない。部屋の隅からぼんやり彼女たちを見ていた。

コースの半分を男子が、もう半分を女子が使い、水泳の授業は男女合同で行われた。男子が本当に水着姿を見たい女子は、概《おおむ》ね毎回見学を決め込んでいるから、互いを意識した視線は飛び交わない。午後一番の日差しは暴力的なまでに強く、水面は鏡と化していた。焦げそうに熱い肩の皮膚。プールの水が冷たかったのは一瞬で、手足を動かすと、すぐに生ぬるさに変わった。

教師の笛を合図に、二十五メートルを泳いだ。まずはクロール、次に平泳ぎ。プールサイドに上がるときの、水から引き留められるような重みが好きだ。授業の最後は十分間の自由時間と決まっていた。男子はふざけて泳ぎ、女子は仲のいい数人と固まって水をかけ合う。友だちのいない実緒は、こういうときにどうしたらいいのか分からない。とりあえず水に潜り、ゆらめく銀の泡を観察して過ごした。お菓子を飾るアラザンのような細かいもの、クラゲのように大きいもの、形だけでなく消えていく様子も一つ一つ異なり、見ていると存外飽きなかった。

息継ぎのため水面から顔を出した瞬間、級友たちの身体が目に入った。細くて白い腕や脚が、ぼうふらみたいに踊っている。幼いころに田んぼで見た蚊の幼虫の、矮小《わいしょう》な可愛《かわい》さが思い出された。

着想はそこから得た。学校生活の息苦しさや、閉じた空間でうごめくぼうふらたちの欲望、一瞬のうちに去来した夏の影のような濃い感情を、言葉で結晶にしたいと思った。父親のパソコンを使って、毎晩少しずつ書き進めていった。それまでにも小説を書いたことはあったが、発想の瞬発性に頼ったものが多く、光景の匂いや温度までを書こうと思ったのは初めてだった。

綴る季節はいつまでも夏だったが、現実には秋が来て、冬が来た。年が明けて正月が終わったころ、作品はようやく完成した。原稿用紙で百枚を超える長さになった。新人賞に応募してみようと思ったのは、作家を志してではなく、半年の時間を費やして書き上げたものが本当に小説なのか、確かめたい気持ちからだった。

高校三年の秋に受賞の連絡を受けた。電話口でなにを言われてなにを答えたのかは、まったく記憶に残っていない。ただ、安堵感《あんどかん》で気道が塞がれ、膝から崩れそうになったことは覚えている。

幼いころから本ばかり読んでいた。元来無口なのに加え、言葉を額面どおりに受け止めてしまい、人と会話を成立させられない。幼稚園のとき、今度遊ぼうねと言われて、翌日に家まで押しかけた。小学生のときには、佐原さんって洋服どこで買っているの、と訊かれて、からかわれていることにも気づかず、母親から購入先を確認し――実緒は自分では服を選んでいなかった――リストにして渡した。おどおどした挙動は、コミュニケーションが不得手だと自覚してからさらに不審気味になり、分かりやすくいじめられるというよりは、触れてはならないものとして扱われ続けた学校生活だった。

本は実緒にとって盾だった。昼休みも図書室に通えば、教室で身を縮めていなくて済んだ。読みながらにやにやと笑みを浮かべても、実緒が表紙を閉じない限り、本の中の人物は離れていかない。同級生や教師のように、怖い、気持ち悪い、と顔を引きつらせもしない。

しかし受賞後、生活は一変した。受賞のニュースは全国区の新聞に載り、地方紙に載り、市の広報に載った。父親と同じ安物のシャンプーを使い、髪は常にぼさぼさで、眉毛も未開拓に伸び放題、制服のスカートは膝下と長かったが、それでも実緒は現役の女子高生だった。受賞作が単行本として刊行されたあとは、十冊近い雑誌からの取材依頼がきた。地方のひなびた本屋でも並ぶものばかりだった。

登校から下校まで誰とも話さなかったのが、馴染《なじ》みのない教師にまで声をかけられるようになり、親戚、生徒、教師の数十人からサインを求められた。テストに記入するような、生真面目な筆跡でペンネームを書きながら、実緒は体育祭のことを思い出していた。佐原さん、お願い。競技の出場者を決める時間は、級友から優しく話しかけられる数少ない機会で、嬉《うれ》しさのあまり、頼まれれば苦手な長距離でも引き受けた。そして体育祭当日、息も絶え絶えに最後尾を走る実緒を応援する人は誰もいない。皆、この競技の行方に関心がないのだった。

受賞して実緒が一番嬉しかったのは、大学に行かない選択肢を得られたことだ。勉強は嫌いではなかったが、学校生活は苦痛でしかなかった。高校までに比べ、大学は遥《はる》かに自由なところだと聞く。しかし、同年代が集合していると思うだけで心は怯《ひる》んだ。就職なら幾分ましなように思われたが、どの職場も結局は人の集まりだ。また、進学校でいい成績を収めていたため、なんの展望もなく行きたくないと主張しても、周囲から反対されるのは目に見えていた。

「卒業したら、小説を書いて生きていきたいです」

実緒の発言には、親と教師のみならず、編集者までもが険しい顔をした。大学には行ったほうがいい、小説だけではとても食べていけない、と強い口調で諭された。だが、実緒は生まれて初めての頑《かたく》なさで譲らなかった。新聞に書評が載ったり、著名な作家と対談したりしていたため、親と教師は比較的容易に陥落した。となれば、編集者は頷くしかない。

さらに実緒は上京したいと頭を下げた。インタビューの際、相手が自分のためだけに地方まで来てくれることが申し訳なく、また、編集者からほかの作家の話を聞くにつけ、都内にいるほうがなにかとチャンスを得られる気がした。親は予想していたのか、今度はなにも言わなかった。

小説をすべての中心に据えて暮らすつもりだった。暮らしていけると思っていた。

夜九時の電車には、帰宅する人が詰まっている。ドアが開くたび、中からこぼれ落ちるほどの乗車率にもかかわらず、車内は静かだ。実緒の正面に立つビジネスマンはイヤホンを耳に差し、遠くを見つめている。東京の電車は不思議だ。徹底された無関心で満ちている。乗客が多いときも少ないときも、雰囲気はさほど変わらない。

昨日、関東地方に梅雨入りが発表され、今日の午前中にはさっそく雨が降った。傘を持っている人が多いのは、そのせいだろう。埃《ほこり》と汗の混じった梅雨特有の匂いが、実緒の鼻をついた。

駅に降り立った瞬間、既視感に目が眩《くら》んだ。二ヶ月前に尾行したときのことがよみがえっていた。今日の仕事先は、男のマンションからほど近い、大型衣料品店だった。あの日の光景が脳裏をよぎり、現在の日時を一瞬見失う。しばしホームに立ち尽くした。

実緒は棚卸しのアルバイトをしていた。数人のチームで小売店へ行き、商品の在庫をひたすらに数える。いかついトランシーバーのような機械で、一点一点バーコードを読み取っていくのだ。店によっては営業中に行う場合もあるが、実緒は主に深夜働いている。閉店後から始めて、朝の五、六時までかかることも珍しくなかった。

このアルバイトは、上京してすぐに始めた。誰に言われるまでもなく、現実的な収入源が必要なことは分かっていた。新人賞の賞金や、単行本の印税で貯金はあったが、それに頼れるほど実緒は楽天家ではなかった。親からは仕送りすると言われたが、筋が通らない気がして断った。宅配便でときどき届く食べものだけ、ありがたく受け取っている。

棚卸しのアルバイトを選んだのは、人と話す必要性が低そうだったからだ。日ごとにメンバーや場所が変わるのも、息が詰まらなくていいと思った。実際、実緒には合っていた。一晩中の立ち作業や、数え間違えれば即やり直しという、地味ながら過酷なところに嫌気が差し、すぐに辞める人も多い中、五年以上続いている実緒はベテランと見なされていた。

一階のシャッターはすでに下り、店の前には見覚えのある数人が立っていた。今回のメンバーだ。目は合わさず、頭を下げ合う。言葉は交わさない。この仕事には人付き合いを苦手とする人間が集まるらしく、声を出さない挨拶は暗黙の了解になっていた。

やがてアルバイトを束ねるリーダーがやって来て、裏口から中に通された。音楽が流れておらず、入口が閉じているため、店内の雰囲気は暗い。靴音がよく響く。廃墟《はいきょ》のような凄《すご》みがあった。

店内には、金属の棒で組まれた棚が何列も並んでいた。その内側、仕切りの一つ一つに番号が割り当てられている。一区画ぶんの商品のバーコードをスキャナで読み込み、終わったらパソコンにデータを転送する。これを繰り返し、すべての商品をカウントするのだ。

今の時期、店頭に並ぶ服は夏物だ。一枚あたりが薄く、棚にたくさん入る。衣料品の棚卸しは、冬季のほうが圧倒的に楽だった。慣れているからと、実緒は特に数えにくい商品を任せられた。つるつるした生地のキャミソールは、手際よくめくるのが難しい。気を抜けば、どこまで数えたのかたちまち分からなくなる。

休憩を挟んでも、疲労は少しずつ蓄積されていく。バーコードを認識すると、スキャナはピッと小さな音を立てる。三時間も四時間もそれだけを聞いていると、音を発しているのが自分の手の中にある機械なのか、別の人のものなのか、判断がつかなくなった。そもそも音は本当に鳴っているのか。もしかして、幻聴ではないのか。

小説が軌道に乗ったら辞めようと、簡単に考えていた日が遠い。ライター業の収入は微々たるもので、作家としての稼ぎがない今、実緒の暮らしを支えているのはこのアルバイトだった。今度はドット柄のタンクトップを数えながら、なぜ自分はここにいるのだろうと自問する。もう取材を依頼されることはない。編集者との打ち合わせもない。小説を書くだけなら、地元でも可能だ。帰れば親も喜ぶだろう。実緒が懐いている母方の祖母は、ここ数年、ずっと体調が芳しくない。

作業が佳境に入ると、データ上の在庫と実際の数に差異のある場所が明らかになる。きちんと売買されていれば、二つのあいだにずれは生じない。実物のほうが多い場合は、どこかの過程での手続きミスが、少ない場合は万引きなどが疑われた。だが、まずは単純にカウント間違いでないことを証明する必要がある。一度目とは人を替えて数え直した。

やってられるか、と突然大声が上がった。実緒が振り返ると、今日が二度目の新人が、商品のハーフパンツを床に叩《たた》きつけていた。今度はリーダーの怒号が上がる。眼鏡をかけて神経質そうな、帰宅部だった同級生を連想させる男で、どこにそんな力が眠っていたかと思うほど、怒鳴り声は野太かった。

長時間神経を酷使し、錯乱に傾いてしまった新人の気持ちは理解できた。だが、実緒には叫べない。限界に達したときになにを発すればいいのか、分からないのだ。正しく怒鳴ったり泣き叫んだりできるのは、才能の一種だ。感情と肉体の連携が密でなければならない。

実緒はこの回路が捻《ねじ》れていた。困っているときに微笑み、楽しいときに能面のようになってしまうことがある。これがまた、級友たちから気持ち悪がられる要因になった。しかし、どうしようもなかった。教室ではなるべく俯いて過ごした。

リーダーが新人を裏口に引っ張っていく。おまえなんか別にいなくってもいいんだからな、辞めちまえ、と吠《ほ》える声が聞こえる。新人は、二度と戻ってこなかった。

作業がすべて終わったときには、朝日が昇り始めていた。ビルとビルのあいだに、熟れた桃色の空が見える。看板と窓が敷き詰められた雑多な街を、清らかな光が舐《な》めていく。眩《まぶ》しさに目は痛み、耳の中ではまだ電子音が鳴っていた。

駅まで来たとき、あの人のマンションをもう一度見たいと思った。ふらふらとした足取りで、前と同じ道のりを歩いた。透明人間のときとは、景色のいたるところが違う。現実と想像のぶれは、実緒にますますの混乱と疲労をもたらした。

マンションの白いタイルが内側から発光するように輝くのを、実緒はしばらく棒立ちで見上げた。やがて吸い込まれるように入口に近づくと、ガラス扉を押し開けた。奥の自動ドアまでは狭いエントランスホールになっていて、左手側にはポストが並んでいた。扉の取っ手はダイヤル錠で、番号を知らないと開けられない。

実緒はまず、201と書かれたポストを覗き込んだ。ハガキらしきものが見える。小さく息を吐いてから、手を突っ込んだ。指先に触れたものをどうにか引き抜く。表面にだけ目を通し、すぐにポストへ戻した。ハガキは美容室からのもので、宛名には女の名前があった。ということは、男の部屋は201ではない。

次に204のポストを覗く。封筒が入っている。今度は一呼吸置かずに、指を伸ばしてそれを引き上げた。大学名の印字された封筒だった。

「千田春臣《せんだはるおみ》、さま」

封筒を戻しながら、もう一度舌の上で名を転がした。せんだはるおみ。ふんわりと優しく温かい。実緒の本を棚に戻したときの穏やかな手つきに、これほど相応《ふさわ》しい名前はないと思った。せんだはるおみせんだはるおみ、と呪文のように繰り返し、実緒は帰路についた。

アパートに到着すると、すぐさまパソコンの前に腰掛けた。脳裏に一つのイメージが浮かんでいた。セーラー服を着た女の子が、淡い黄緑色のブーツを履いている。家に帰ろうと学校の下駄箱を開けたら自分の靴がなく、裸足《はだし》で校内を探し回ったところ、焼却炉の裏にうち捨てられていたこのブーツを発見したのだった。仕方なくそれを履いて校庭に出ると、足の下から新芽が吹き出し、少女は驚く。もう一歩進み、恐る恐る後ろを振り返った。足跡があるべき場所に、小さな野原ができている。これは春をもたらすブーツなのだ。少女は楽しくなってきて、夢中で校庭を走り回った。強く足を踏みならせば、その場に白や黄色の小花も咲いた。やがて少女は桜の樹《き》によじ登り、太い枝に腰掛けて足をぶらぶらと揺らした。つま先からぬくまった風が生まれ、黄色い蝶《ちょう》がブーツを追って飛び回る。自分の靴がまた隠されたことを、自分を疎んでいる人間がいることを、少女は束《つか》の間《ま》忘れる。そんな物語を必死に書き綴った。

あまりに久しぶりだったため、キーボードから手を離したあとも、すぐには実感が湧かなかった。数えてみると、原稿用紙にして七枚。短編とも呼べない長さだが、始まりらしい始まりがあって、終わりらしい終わりがある。なにより中身がある。書けたのだ。

実緒はデスクチェアに背を預け、しばらく放心した。パソコンのモニターがスリープ画面へと切り替わり、部屋が暗くなった。

編集者には渡せない長さと知りつつ、実緒は二度推敲《すいこう》した。一度目はパソコン上で、二度目は紙に印刷して。修正したいことを赤いボールペンで書き込み、それをパソコンのデータに反映していった。

一文一文を精査するのは苦ではなかった。本文を書くより、推敲するほうが好きかもしれない。言葉の順番を入れ替えたり、文末を変更したりしてリズムを整える。単語を別のものに置き換えて、自分の真意に近づける。一文字変えれば、作り上げた世界の姿も微妙に変わる。推敲するのは久しぶりで、これもまた楽しさに拍車をかけていた。

三日をかけて完成としたとき、夜が明けるような自然さで、春臣に見せたいと思った。印刷したものを三つ折りにし、白い封筒に入れた。春臣のマンションへは、アルバイトを終えてから朝方に行った。その日の仕事場は春臣のマンションと離れていたため、わざわざ電車に乗った。

封筒には宛名も差出人の名も、なにも書かなかった。手紙も同封していない。小説を印刷した三枚の紙だけが入っている。２０４のポストに押し込むと、封筒はことんと軽妙な音を立てた。魂が喜びで震えた気がした。

子どもの時分から、文章を綴ることはほとんど日課だった。子どもが電子機器を使用することに抵抗のない父親だったため、幼稚園のころからパソコンには触れていた。それを使って文を書き始めたのは、小学校低学年のときだ。おかげで実緒は、今でもペンと紙より、キーボードを前にしているときのほうが考えがまとまる。小中学校での作文では苦労した。作文で賞を獲《と》ったことは、一度もない。

気になったこと、頭に色濃く残ったことを題材に、ある種の記録として書くことが多かった。とはいえ、自分自身を主人公にはしない。実在の人物も出さない。内容は、詩らしきものになるときもあれば、異世界が舞台になるときもあった。ほかの人から見ればカエルが空を飛ぶ物語も、実緒にとっては音楽の時間に立たされ、一人歌った日の羞恥の代替であり、少女がキュウリを何十本と齧《かじ》る話は、好きだった男の子の笑い顔を目撃した記念だった。

好きな人と付き合いたいという願望は、実緒にはない。話をしたいとも思わない。自分のような人間に関われれば、相手の素晴らしい性質はきっとマイナス値に傾き、損なわれてしまうだろう。ただ一方的に思っていられたら、それでいい。小学生のときの初恋も、中学生のときの二度目の恋も、そうやってやり過ごした。

それなのに、春臣には小説を届けたいと思ってしまった。

透明人間になって部屋を覗きに行くと、春臣は中央のソファで数枚の紙をめくっていた。明るい茶色の木枠のフレームで、脚は細く、座面は黒いレザーだ。そんなソファに、少し前のめりの姿勢で座っている。上がった口角の窪《くぼ》みには笑みがたたえられていた。

実緒はソファのそばに腰を下ろし、肘掛けに手と頬を預けた。うっとりと春臣を見上げる。春臣の目つきは優しい。実緒の綴った文章に、温かな温度が注がれていく。


書けないときが窒息なら、書けるときは蹴伸《けの》びだ。身体をまっすぐにして、水中を前進するあれである。腕を耳につけ頭上で手を重ね、指の先から入水《にゅうすい》すると同時に、足の裏で壁を強く蹴る。水の抵抗をできる限り減らした流線型の姿勢は、ストリームラインというらしい。重力から解き放たれ、余計なものは見えず音も聞こえず、水を切り裂く感覚だけが手と頭の先にある。気持ちいい。どこまでも行ける気がする。

書きたいことが止まらない。黄緑色のブーツの話のあと、四年間書けなかったことが嘘《うそ》のように、実緒の頭には文章の切れ端や光景の欠片《かけら》が次々と降ってきた。部屋の隅の埃も電球の瞬きも、なにもかもが書いて欲しいと訴えてくる。一週間に一作から二作の速さで掌編を完成させ、せっせと春臣のマンションに運んだ。

そのあいだに七月に入り、本格的な夏が到来した。アパートの前を行く小学生の声が日ごと活発になっていくのを、実緒はベッドの上で感じていた。アルバイトの日、実緒は昼から夕方にかけて仮眠をとる。電気代の節約のため、エアコンはまず点《つ》けない。代わりに窓を開けておけば、下校時の小学生の声で目覚められてちょうどよかった。一番暑い時間帯に眠るから、起きると必ず大雨に降られたような汗を掻いていた。

シャワーを浴び、ポロシャツとジーンズに着替えた。それから残りもののキャベツとハムを炒《いた》め、ご飯に載せて早めの夕食にした。生活費に余裕がないから、食事は毎度質素だ。三回摂《と》らない日も珍しくない。上京前に比べ、体重はだいぶ減っていた。だが、こまめに洗濯もすれば、ハンカチにアイロンもかける。一人暮らしのわりには、節度ある生活を送っていた。

夜八時、外に出ると蟬《せみ》が鳴いていた。日が暮れてから蟬の声を聞くことに、いまだ実緒は慣れない。地元では経験しなかったことだ。街灯の間隔が狭く、夜じゅう明かりの消えない高層ビルが並ぶ東京の闇は、ひどく水っぽい。月の輪郭も薄まって見える。

今日の現場はドラッグストアだった。数える対象が衣料品よりも小さく細かいので、とにかく神経を使う。そう考え、仮眠の時間を長めにとったつもりだったが、暑くて熟睡できなかったのか、それとも連日の睡眠不足からか、頭がふらふらした。全身が怠《だる》い。一度書きたい衝動が湧き上がると、どうしてもこらえられなくて、つい寝る時間を削ってしまう。しかし、どれほど気持ちよく書き進められても、蹴伸びもまた運動の一種だ。やり続ければ、疲れは着実に溜《た》まっていく。

駅の改札を抜けたところで、正面から来た人とぶつかった。反動で尻餅をつく。顔を上げると、白い半袖シャツにチェックのズボンを穿いた男子高生が、険しい顔つきで立っていた。舌打ちが聞こえ、慌てて頭を下げる。謝罪しなければと思ったが、口を開くより先に男子高生は去っていった。

　実緒はのろのろと立ち上がった。すぐ脇を行く人は、皆、軽快な足さばきで実緒を避けていく。ふと、自分は誰の視界にも映っていないように感じた。手助けしようのない相手には、あえて注意を向けずに恥をかかせない。必要以上の関心を持たないことは、東京ではマナーだ。だから今も、自分は無視されているわけではない。

　そう思いつつも、学校生活でのあれこれが思い出され、どうしようもなく苦しくなる。では好きなもの同士でグループを作ってください、との教師の掛け声は恐怖だった。組む相手のいない実緒は、席に座っているしかない。どうしようと焦るほど、にやにやと動く自分の唇が恨めしかった。あいつはどのグループに入れられるのかと、教室中が警戒している。教師が困った顔で実緒を見る。

　押さえても押さえても蓋が閉まらない。ドラッグストアに着いてからも、苦い記憶は噴出し続けた。席替えで隣になった男子が、心から悲しそうにため息を吐《つ》いたこと。文化祭のあと、自分一人だけが打ち上げに呼ばれなかったこと。とにかくボールに触らないでと言われたバスケットボールの時間。一人で食べた遠足の弁当。

　気がつくと、区切りを三つも超えて商品をカウントしていた。一ヶ所終わったら、次に移る前に新しい棚番号を入力しなければならない。棚番号ごとのデータをとらなければ、意味がないのだ。実緒は青くなった。四ヶ所の数え直しだ。大幅な時間のロスになる。リーダーに報告すると、銀縁のフレームの奥で目が据わった。

「ちょっと意味が分かんないんだけど。佐原さん、この仕事何年やってんの」

「ご、五年ちょっとです」

「五年ちょっとです、じゃないよ。まじで訊いてるんじゃないの。反省してるのかって話だよ。佐原さん、自分がほかの人より高い時給をもらってること、分かってる？」

「は、はい」

「一昨日《おととい》もカウントミスしたよね。なんなの？　やる気ないの？」

「そんなことないです」

声が震える。眼球の裏が痛い。瞬きをこらえようと顔に力を入れると、なぜか口角が上がった。

「なに笑ってんだよ、気持ち悪い」

実緒は慌ててスニーカーのつま先に視線を移した。靴底の先端が剝がれかけているのが目に入る。

「思い上がってるといけないからあえて言うけど、うちは別に辞めてもらってもいいんだよ。でも、うちを辞めなきゃいけなくなったら、困るのは佐原さんのほうなんじゃないの？　君、絶対接客とかできないでしょ？　ほかにできること、なんかあるの？　なんにもないでしょ？」

金屛風《きんびょうぶ》の前で浴びたフラッシュは眩しかった。出版社や新聞社の人たちが実緒を取り囲み、カメラを向けていた。新人賞の授賞式は都内の有名ホテルで行われ、実緒は数百人の前でスピーチをした。実緒の喋《しゃべ》りに不安を覚えたらしい編集者から、とにかく礼と今後の意気込みを言えばいいと助言され、ありがとうございます、今後も頑張って書きます、と、本当にそれだけを述べた。一分にも満たない時間だったが、手のひらにはびっちり汗を掻き、声は震えた。しかし、会場からは温かい拍手が寄せられた。

「──ないです。なんにも、ないです」

「ったく、気をつけてよ」

一礼して作業場に戻った。チームのメンバー数人から視線を感じたが、実緒が見返すと、皆、一斉に顔を逸《そ》らした。スキャナを握り直し、小さく首を振る。つるつるした素材のワンピースを着て髪を結い、カメラに向かって精いっぱい笑みを浮かべたことが、もはや他人の記憶のようだ。自分は本当に小説の新人賞を受賞したのだろうか。すべては得意の想像、いや、妄想ではないだろうか。

予定時刻を三十分延長して、作業はようやく終了した。アパートに帰ると、実緒はまずシャワーを浴びる。棚の低い位置を数えるときには膝や尻を床につけるため、全身が埃まみれになるのだ。それに、汗も掻く。だが今日は、スニーカーを脱ぐや否やパソコンデスクに駆け寄り、ノートパソコンの電源を入れた。

ポータルサイト、目新しい動きなし。オンライン書店、在庫数に変化なし。読書家が集うサイト、新着の感想なし。ないないない。どこを探しても、見つけられるのは佐原澪の過去だけだ。自分は今も作家だと示してくれるものは、なにもない。過去なんて、死体と同じだ。自分は果たして生きているのだろうか。実緒のこめかみを、冷たい汗が流れる。

すがるように、ユーザーが短文で発言できるサイトへ移動した。実緒もアカウントは持っていた。まず、本のタイトルが入った呟きがないか、検索する。だが、すでに読んだことのあるものしか出てこなかった。次に、久しぶりにペンネームで調べてみることにした。すると、とあるユーザーが別のユーザーに、佐原澪？　と返信しているのが引っかかった。発言された日付は一週間前だった。

心臓が痛いほどに高鳴るのを感じながら、実緒は二人のやり取りを確認した。バイクの写真をアイコンにしているほうが、そういえば同級生に作家デビューした奴《やつ》いたな、と呟いたのが始まりのようだ。それに犬の写真のアイコンが、佐原澪？　と応じ、さらにバイクが、そうそう、今どうしてんの？　と返している。二人は実緒の同級生らしい。中学校か、高校か。誰だろうと考えるも、双方とも本名を感じさせないアカウント名で、まったく見当がつかなかった。

最後に犬が呟く。ちょっと調べてみたけど、あれ以来本出てないっぽいし、もう消えたんじゃね？

胃を強く握られたような嘔吐感《おうとかん》がして、実緒はなにが起こったのか理解できないまま、ノートパソコンを閉じた。目を瞑る。すぐ耳の横に飢えた犬がいると思ったら、どうやら自分の呼吸の音だった。

私はとっくに、ずっと、ずうっと前から透明人間だったんだ。

朦朧《もうろう》としたまま服を脱いで、ユニットバスに入った。頭から湯を浴びても、骨の芯が折れたような感覚は消えなかった。水滴がずるずると皮膚を這《は》い、バスタブの底へ下りていく。排水口の渦は、妙に蠱惑的《こわくてき》に実緒の目に映った。飲み込まれてしまいたかった。

頭、顔、胸、腹、脚。上から順にバスタオルで身体を拭いていく。乳房だけでなく、全体的に凹凸のない貧弱な体格だ。腕、脇、脚からは、自然のままに毛が生えている。女は一般的に剃《そ》るものとの知識はあるが、自分が実行するのはおこがましい気がして、果たせていない。最後に足の裏を拭い、全裸のまま洋間に戻った。着替えを出そうと衣装ケースに手をかけたとき、雷に打たれたように、意識がくっきりとした。

私に服なんていらない。

実緒は改めて腹のあたりを見下ろした。自分は透明人間だ。どうせ誰も自分を見ない、誰からも見えやしない。しかも季節は夏だ。防寒の必要もない。この身体を布で覆う意味は、きっとなに一つない。

素っ裸のまま床に転がった。臀部《でんぶ》や腿《もも》の裏側がフローリングに張りつく。シャワーで血行のよくなった肌が、一瞬にして冷やされる。くしゃみをしてから、実緒は、ははは、と声を出して笑った。はははははは。これが今の感情を適切に表せているのかは分からなかった。


目を開いて真っ先に覚えるのは、心許《こころもと》ないほどの爽快感だ。身体を起こすと、タオルケット代わりのバスタオルが肌を滑り落ち、上半身が露《あら》わになる。汗は掻いているものの、部屋着がまとわりついてくる気持ち悪さはない。

小学生の集団が、明日から夏休みだと大騒ぎしながら、アパートの前を通っていった。彼らは登校中か、それとも下校中か。スマートフォンを見ると、時刻は朝だった。風がそよぎ、カーテンが揺れる。部屋が二階にあるのをいいことに、実緒は夜中も窓を開けていた。ぬるい風も、寝起きの身体には心地良かった。

シーツを新しいものと交換し、古いほうはバスタオルと共に洗濯機に放り込んだ。下着も身につけていないから、汗や子宮口からの分泌物は、直接寝具を汚してしまう。睡眠をとったあとは、必ず洗濯機を回すことにしていた。夏場はすぐに乾くので、それほどの手間ではない。

排泄《はいせつ》を済ませると、シャワーを浴びた。日中もトイレのあとにはユニットバスで下半身を洗っている。これも、部屋を清潔に保つための工夫だ。全裸で暮らし始めて二週間、自分で決めたもろもろにようやく馴染みつつあった。

朝食を作ろうと、裸のまま台所に立つ。食パンをトースターに入れ、フライパンをコンロに置いた。火を使うとき、熱いものを食べるときには、若干の注意が必要だ。油はねしないよう気をつけながら、フライパンに卵を割り入れた。黄身が潰れなかったので、スクランブルエッグにはしなくてすみそうだ。

裸で生活していれば、当然面倒なこともある。ゴミ出し程度の外出でも、いちいち着衣しなければならない。下着と服を衣装ケースから出し、それらを着て、アパートの外階段を下り、ゴミ袋を置いたらすぐ部屋に戻って、また裸になる。手間のわりに服を着ている時間は短く、自分は一体なにをしているのだろうと虚《むな》しくなる瞬間もあった。しかし、これこそが本来あるべき姿なのだ。透明人間が服を着てどうするのか。

実緒は裸のまま家事をし、本を読み、雑誌の記事や掌編小説を書いた。中でも気に入っている過ごし方は、動画を見ることだった。実緒の部屋にはテレビがない。なにか動いているものを見たくなったら、テレビの代わりに動画投稿サイトを覗いた。もともと好きだった魚や水中の映像は、全裸で見るとより面白く感じられた。なるべく画質のいいものをフルスクリーンモードで鑑賞すれば、さらに楽しめた。

巨大な銀の玉のようなイワシの群れや、もったりと移動するジュゴン。サメは鋭い歯を剝《む》き出しにしてアザラシにかぶりつき、イルカたちは海の青と光の白を掻き混ぜるかのようにひれを動かす。生の躍動感や雄大さが、毛穴から染み込んでくる。彼らと息づかいが同化していくのを感じられた。

関連動画を辿り、今日はクラゲの動画に行き着いた。輪郭を白く光らせた丸いクラゲが、暗い背景をたゆたっている。どこかの水族館の飼育員が水槽を映したものらしく、光って見えるのは照明による演出だと説明がついていた。スカートの裾を広げるようにときどき傘の部分が膨らみ、そして萎《しぼ》む。その反動でクラゲは移動した。水の重みを打破しきれない、柔らかな動きだった。糸のような触手も、水流に従いなびいている。

二分程度の動画を、実緒は繰り返し再生した。指先から脱力していくような気持ちよさがあった。夏の夢の中にいるみたいだと思う。違う種類のものも見てみようと、クラゲをキーワードに検索した。傘がもう少し尖《とが》った形のものや、触手が太く、キノコのようなシルエットのクラゲが出てくる。

著名な化学賞を受賞した研究に使われたこともあるという、自力発光するクラゲの映像を発見した。触手が細くて短いので、角度によっては傘の部分しか見えない。シンプルな体は透明度が高く、現実の生きものという生々しさに乏しかった。傘の縁がほのかにエメラルドグリーンの光を帯びている。このクラゲは、刺激を受けたときに生殖腺を発光させるらしい。

　実緒は自分の身体に目を向けた。腕を、腹を、脚を、まじまじと見つめる。今日も気温は三十五度を超すとの予報で、なにも着ていなくても全身汗ばんでいた。てらてらとぬめる肌は、しかし、当然ながら光り出しそうになかった。


　その夜、実緒は気持ちが高まると発光する少女の話を書いた。感受性の針が大きく振れると、少女の身体は場所を選ばず光ってしまう。喜怒哀楽、どの感情も上手く受け流せなければ刺激と同じだ。心配をかけないよう、家族や友人の前では必死に無感情に努めるが、恋人には隠しきれない。セックスの最中に光ってしまうからだ。初めは面白がっていた恋人も、次第にセックスを避け始める。眩しくてことに及びにくいというのと、光量と気持ちの昂《たか》ぶりには比例関係があり、少女が本当に快楽を覚えているのかを光の具合から判断できてしまうのが嫌なのだ。やがて恋人は普通のセックスをしたかったと浮気をし、少女のもとを去っていく。

　恋愛やセックスについて書いていると、聞こえてくる声がある。身のほどをわきまえろよ。小学校時代の同級生の呟きだ。妙に厳かだった彼の口調まで、くっきりとよみがえる。キーボードで文字を打ち込みながら、そのとおりだな、と思った。チェックのペンケースより、よっぽど分不相応なものに手を出している。

かなり幼いころから、実緒は恋愛や結婚に対して見切りをつけていた。そういうものは、休み時間は校庭で遊び、体育祭や文化祭を心待ちにできる子にのみ訪れるイベントで、ただ教師の話を聞くだけの、退屈な授業のあいだが一番平穏でいられる人間には関係ない。だいたい、友だち関係ですら誰とも結べないのに、一対一の人間関係など絶望的だと思っていた。

しかし、世の多くの本に恋愛や性愛は登場する。完全に避けて通るのは不可能だった。実際、実緒は数多《あまた》の物語から、恋愛やセックスの形や色や流れを知った。読んでいる最中は楽しかった。ファンタジーに似た感覚で没頭すればいい。だが、読み終えて本を閉じると、無駄な知識がまた一つ蓄積されたことに苦笑せざるを得なかった。いざとなるとたいていの男は意気地なしだと知ったところで、自分にこの知識を生かす機会はない。

小説を完成させ、データを保存した。若干ペースは落ちたものの、実緒はまだ掌編を綴っていた。書けなかったときの吐きそうな苦しみをまだ覚えていて、書けることが嬉しくて仕方がなかった。

ベッドに寝転がると、シーツの冷たさが背中にしみいるようだ。昨日から近所でなにか工事が始まったらしく、細やかな震動と共に、重機の低い唸り声が聞こえる。じきにお盆がやって来るが、実緒に帰省の予定はない。棚卸しのアルバイトは繁閑の差が大きく、企業の中間決算がある夏は、繁忙期の真《ま》っ只中《ただなか》だった。

　今夜もスーパーマーケットの作業が入っていた。その前に少し眠ろうと、目を閉じる。素肌の上にバスタオルをかけた。工事の音ははっきり聞こえるのに、奇妙に静かだ。小学生の声がしない街は一気に老け込んだようで、実緒も退屈を持て余していた。

　春臣に会いに行こう。ふと思いつき、身体を捻って横向きになった。膝を曲げ、背中を丸める。全身の力を抜き、深呼吸を五つして、自分の身体が透けていく様子を思い浮かべる。

　玄関のドアをすり抜ける実緒は、なにも着ていない。想像する側の実緒が服を着ていないと、透明人間の実緒も自然と裸になるらしかった。小ぶりの乳房が、金時豆色の乳首が、外の世界にさらされる。一糸まとわぬ姿のまま電車に乗って、春臣の住む街まで向かった。日差しや風は身体を通過するが、実緒が動けば髪や性毛は柔らかく揺れる。肉の重みは感じられず、全身はまるで昏々《こんこん》と眠ったあとのように軽い。実緒は駆け出した。景色が後方に流れていく。どれだけ走っても息は切れなかった。

　エントランスから春臣の部屋までの道筋も、実緒の中では固まっている。自動ドアを抜けてすぐのところに階段があり、それを上がって右手に曲がる。一番奥が２０４号室だ。部屋番号のプレートに記名はないが、このドアの奥に春臣がいるのは間違いない。

頭からするりと中に入った。

玄関のたたきには白いスニーカーがあった。左右はぴったり揃《そろ》えられ、壁に踵《かかと》をつけて置かれている。春臣は脱ぎ散らかすような人ではないのだ。踏んでも問題ないと分かりつつ、靴を避けてかまちに上がった。その先は短い廊下になっていて、右手にキッチンが、左手にトイレと風呂がある。リビングは廊下の先だ。八畳とかなり広い上に、築浅で壁も天井も美しい。実緒の部屋とはなにもかも違う。

ベッドで眠っている春臣は、仰向《あおむ》けで両腕が緩く上がり、万歳した子どものようにあどけない。かろうじて、といった具合に、タオルケットが腹に巻きついている。顔をよく見ようと、実緒は春臣の横にしゃがみこんだ。ベッドに肘をつき、手のひらに顎を乗せる。春臣の瞼と鼻はぴくぴくと小刻みに動き、薄い唇から聞こえてくる寝息は健やかだ。ボーダーのTシャツに包まれた胸が、呼吸と同じリズムで上下していた。下半身はジャージ素材のハーフパンツで、膝から下の脛毛《すねげ》が見えている。

透明な指で毛の流れをなぞった。いつもは春臣を眺めてそれで満足するのに、今日は疼《うず》くような熱がなかなか引かなかった。さっきまでセックスに触れた話を書いていたからかもしれない。

恋愛やセックスの知識以上に、実緒が虚しく思っているのが性欲だった。日ごろはあまり感じないが、ときどき衝動的に込み上げてくる。そのたび実緒は、壊れた車にガソリンが注がれるようなものだと、神に類する存在を恨みたくなった。行き先を持てないのだから、燃料を注入しないで欲しい。しかし、性欲は本能の一つなのだった。

実緒はおずおずと春臣の胸元に跨《また》がった。実緒の臀部が春臣の肉感を捉えることはない。中腰で浮いているのと同じだった。彼の胸板は厚いのか薄いのか、体温は高いのか低いのか、実体のない身体では分からない。続いて春臣の両耳の脇に手をつき、真正面から顔を捉えた。肩から髪がこぼれ、春臣の輪郭に重なった。

瞼の縁には二重の線が鮮明に走り、睫《まつげ》毛は長い。波打つ髪の隙間から覗く耳は、耳たぶが小さく薄かった。肌は白くきめ細かで、ニキビ跡の一つもない。それが実緒の春臣だった。きれいな人。透明な声で呟き、自分の唇を春臣の唇に近づける。一般的には目を閉じて行うのだろうが、それではいつ唇が合わさったか分からないから、薄目で挑むことにする。実緒の丸い鼻が、春臣の品のある鼻に少しずつめり込んでいく。唇が完全に重なったところで、実緒は顔を止めた。舌を突き出し、春臣の口内をなぞった。

それからはもう、発情の衝動に任せて身体を動かした。ずりずりと後退し、跨がる位置を胸元から股間部へと移す。他人の服を脱がせられないことが悔やまれた。その憂さを晴らすように、自分の恥部を春臣の股間へと沈ませる。

腰を振ると、脳の温度はさらに上がった。動きはひとりでに激しさを増していく。身のほどをわきまえろよ。同級生の声が聞こえる。なにかを叫びたかったが、なんと言ったらいいのか分からない。実緒は息が切れて身体が動かなくなるまで、縦に横に、盛んに腰を揺らした。

お盆を過ぎて数日が経ったころ、実緒はとあるSNSに登録した。アメリカで誕生し、日本でも定着したものだ。実緒も存在自体は知っていたが、ほかのSNSに比べ、現実世界の知人とより深く結びつくためのサービスという認識が強く、自分には無縁だと思っていた。

しかし、今や大学生の半数以上がこのSNSのアカウントを所持していると知り、俄《が》然《ぜん》興味が湧いた。即座に登録画面に飛び、必要項目を埋めた。自己表現の場に使うつもりはなかったから、名前や出身地は適当に入力した。実緒の目的は検索にあった。アカウントがあれば、同サービス内のユーザーを対象にした検索機能を利用できる。このSNSは、本名で登録している人が多いことも知っていた。

そんなに容易《たやす》く見つかるものではないと自分に言い聞かせながら、千田春臣、と打ち込み、虫眼鏡の絵をクリックした。すると、春臣本人と思われる人物があっさり浮上したので驚いた。男が芝生の上で大の字になっている写真がアイコンで、拡大すると、あの春臣の清潔感ある顔が口を大きく開けて笑っていた。年は二十歳《はたち》、大学三年生。出身は、東北の地方都市。所属団体として、春臣のマンションから近い大学の名前が登録されていた。

あまりに無防備に個人情報が公開されていたため、実緒は目眩《めまい》を覚えた。一億円相当のネックレスに、なんの警備もついていないようなものだ。盗むつもりで忍び込んだにもかかわらず、こうも警戒心がないと本当に実行していいのか分からなくなる。だが、そう躊躇《ちゅうちょ》したのも一瞬のことで、実緒はすぐに春臣のページをあらため始めた。

このSNSの活用法の一つに、文章や写真で記事を作り、友人らと近状報告し合うというものがある。友だちと認めた相手にしか見られないよう、ユーザー本人が記事の公開範囲を狭めることは可能だ。しかし、春臣にそうしている様子はなかった。こんな本を読んだとか、友人と飲みに行ったとか髪を切ったとか、二、三日に一度の頻度で更新している。呑気《のんき》すぎないかと心配しながら、実緒はずんずん遡り、アルバイトに出かけるまでの時間で春臣の記事をすべて読み終えた。

自著の感想を検索するのに加え、春臣のページを確認することが日課になった。春臣が一度に投稿する内容は多くない。文章は短いものが二、三、写真はないときがほとんどだ。だが、春臣が手がけたと思うだけで、実緒の胸は高鳴った。時折文末につく顔文字がシンプルな点、言葉遣いがからりと乾いていてうるさくないところは、まるでイメージどおりだった。一方で、サークル仲間でBBQ《バーベキュー》をしている写真や、一日で服に三万円使ってしまったという文章から活動的な一面を知っても、意外だとは思わなかった。つまりは実緒にとって、春臣がとる言動のすべてが春臣を作っていた。

連日アクセスするうちに、彼の交友関係をおぼろげながら摑んでいった。投稿された文章や写真には、ほかのユーザーがコメントをつけられる。春臣にコメントを寄せる頻度が高い人、内容がくだけている人とは、かなり親しい間柄にあると推察された。春臣が友だちとして登録している人数は百を超えていたが、頻繁に交流があるのは二十人程度だった。

そして、彼女に辿り着いた。津埜《つの》いづみ。春臣の恋人。春臣もいづみの記事にはよくコメントを書いていて、よほど仲がいいのだろうとは思っていた。しかし、双方の文面には甘さがなく、友だちなのか恋人なのか、なかなか判断がつかなかった。

ある日、いづみとランチを食べに行ったとの春臣の記事に、二人って付き合ってどれくらいだったっけ？　相変わらず仲いいね、と、友人らしき人物からコメントがついた。あ、と思った。瞬きほどの短いあいだ、実緒は静止した時間の中にいた。

以来、いづみのページも欠かさず覗いている。いづみも春臣と同じく公開範囲を設定しておらず、人となりは丸見えも同然だった。春臣と同じ年で、同じ大学に通っている。イタリアンレストランでアルバイトをし、都内の実家で暮らしているようだ。本と甘いものが好きらしく、それらにまつわる書き込みが多かった。写真もたくさん載せていた。髪が胸を覆うほどに長く、顔は卵形で、頰骨のあたりがやや丸く盛り上がっている。全体として健康的な雰囲気があった。大きな目はぷっくり膨らんだ涙袋に縁取られ、迫力がある。口も大きい。可愛いというよりは、きれいな女の子だった。

実緒に嫉妬はなかった。まず、春臣といづみのやり取りがあまりに自然で家族のようだったため、二人はそういうものなのだと納得していた。なにより、実緒には春臣と付き合いたい気持ちがなかった。どうせ無理だからと諦めているわけではなく、そういうふうに世の中はできていないと、なかば悟りの境地だった。魚と人間はつがえない。摂理であり真実だ。

いづみの記事を、実緒は心から楽しみつつ読んだ。友だちと深夜に長電話して、後輩の誕生日にはアロマキャンドルを贈り、母親とパンケーキを食べに行く。内容のきらびやかさとは裏腹に、文章は地に足がついているところがよかった。パンケーキの味を、とても美味《おい》しかったです、と、いづみは記していた。やばい、とか、めっちゃ、といった言葉は使わない。そんないづみと付き合っている春臣が誇らしかった。さすが見る目があると思った。

ときどき、いづみはどんな生徒だったろうと考えた。実緒の三歳下だから、たとえ同じ街に暮らしていたとしても、中学高校生活は重ならない。なのに、くっきりと思い描くことができた。勉強も運動も得意で、しかしそのことを鼻にかけない。だから、満場一致で学級委員に選ばれる。飾り気がないから、華やかに生きたいグループからも敵視されない。困っている子がいたら、陰気な女子でも声をかける。ただし、相手に深入りはしない。きっとそういう子だ。

息を吐き、デスクチェアにもたれた。背もたれのメッシュが剝き出しの背中を冷やす。裸で暮らしていると、突然ひやりとするのは日常茶飯事で、いちいち驚かなくなってい た。首を反らして天井を仰ぐと、照明の四角い笠の内側で二匹の虫が死んでいた。光に吸い寄せられて入り込み、出られなくなったのだろう。死骸は小さな染みのようだ。

実緒はいまだ学校生活が終わっていないように感じている。セーラー服やブレザー姿の集団を見かければ、動悸《どうき》は速くなった。相手が単体であったり、声が聞こえるだけならまだ平気だが、グループとなると小学生でも緊張する。高校を卒業して、まだ五年半しか経っていないからだろうか。しかし、自分は三十歳になっても五十歳になっても、ずっと緊張し続けるだろう。そんな予感があった。

間接照明だけが灯《とも》る、薄い布に覆われたような部屋の中、若い男女が肩を寄せ合っている。隅に置かれた液晶テレビには、古びたバスが荒野を走る様子が流れていた。黄土色が画面の大部分を占めている。地面だけでなく空気までもが、砂煙によってくすんだ色をしていた。ひび割れた大地には細い草が生えていたが、どれも数日を待たずして息絶えそうだ。

男が映像を見て小声でなにか言った。女はいたずらっぽく目を光らせて微笑み、男の腿を軽く叩いて反応を示した。男が女の肩に手を置く。女は急に真面目な顔になり、下から覗き込むように相手を見返した。やや緊張した面持ちで女の頬を撫《な》でる男。こそばゆくて耐えられないというように、女の顔にふたたび笑みが浮かぶ。つられて男も微笑んだため、結局唇を合わせる前には、二人の顔は緩んでいた。

女が背中からベッドに倒れ込む。男の手が女の乳房に伸びる。くすぐったそうに身をよじる女に、男がなにか言う。女は手のひらで顔を隠し、いよいよ声を出して笑う。男は女の手を摑み、そうしながら女の額に唇を落とした。

きれいな人同士が睦《むつ》み合うとこんなにも美しいのだな、と実緒は思う。自分の性欲と同じものが、この根底にあるとは信じられない。部屋の隅、本棚の陰から二人を見ていた。透明人間なのだから、隠れる必要はない。すぐ近くで二人の性交を堪能《たんのう》することもできる。しかし、完成された関係に圧倒され、思わず身を潜めていた。

春臣といづみは互いに服を脱がせ合い、少しずつ裸になっていく。すべらかな二つの身体は間接照明によってオレンジ色に照らされ、そこに映像の明暗が映り込んだ。場面が切り替わるたび、二人の肌の上で光が瞬く。近づいたり離れたり、影の動きすら繊細で見惚《みと》れそうになる。

双方が快楽の限界に達し、行為が終わっても、実緒はまだ部屋を離れない。胸いっぱいに温かい気持ちを抱えながら、二人が寝そべって楽しげに話しているところを眺める。

その光景は、幸せな童話の結末みたいに思えた。

白い雲はもくもくと体積を拡大していた。街に根を張るように裾が広く、上に行くほど尖っていく。夏の空だ。洗濯物を干し終え、実緒はベランダの柵にもたれて天を仰いだ。近所のマンションや電柱、遠くの高層ビルなどが視界に入るため、空に故郷のような広さはない。だが、青と白のコントラストには、はっきりと夏の雄大さが表れていた。あと数日で八月が終わるとはとても思えなかった。入道雲の白が目に眩しい。

部屋に戻ると、隙間ができないようレースのカーテンをぴったり閉めた。それから、パーカとハーフパンツを脱ぐ。ベランダに出るだけのときは下着をつけないから、上下二枚を脱ぐだけですぐに裸になれる。肘や膝の裏には早くも汗を掻いていた。フローリングに寝そべり、しばし涼を取ってから仕事に取り掛かることにする。全裸生活を始めて一ヶ月以上が経っていた。これから気温が下がったらどうするかは、まだ考えていない。

二ヶ月後に出る旅行誌の、紅葉特集の記事を書いている。目玉として大きく扱われる場所については、別のライターが担当することになっていた。実緒の仕事は、そのほかの紅葉狩りの名所、十数ヶ所ぶんの短い紹介文を考えることと、アクセス方法や見ごろの時期についてまとめることだ。パソコンデスクの上は、資料となる本や印刷物であふれていた。

一段落したところでインターネットブラウザを立ち上げ、いつもの手順で自著のタイトルを検索した。どこにも新着の感想はない。続いてSNSを開く。初めに見るのは春臣のページだ。しかし、こちらも新しい動きはなかった。三日前に東北の実家から戻ってきて以降、春臣は一度も更新していない。もとの頻度に戻っただけだろうが、帰省中の一週間は誰に会ったどこに行ったと毎日楽しそうな報告があっただけに、つい寂しく感じた。

次にいづみのページに飛んだ。すると、どうしよう本が出るかも、という文章が目に飛び込んできて、思わず息を止めた。昨晩投稿された記事の一文目だった。とにかく先を読まなければと思うものの、焦点がなかなか定まらない。混乱からか、口内に強い酸味が湧いてくる。口に手を当て、実緒は一文字一文字を必死に追いかけた。

半年前、いづみは自身の祖父の闘病生活と、彼を看病する家族の様子を小説として書き、とある賞に応募したらしい。そして昨日の昼、賞を主催する出版社から電話がかかってきた。曰《いわ》く、津埜さんの作品は受賞には至らなかったものの、かなりの良作で、このまま埋もれさせてしまうのは惜しい、ぜひ弊社と共同で出版してみませんか。

実緒は眉間を押さえて唸った。いづみの記事は、明後日《あさって》、出版社の人に会って詳しい話を聞いてきます、と締めくくられていた。賞や出版社の名前は明記されていなかったが、あまりいい予感はしなかった。共同出版の中には、詐欺まがいの自費出版もある。相場より高額な料金を持ちかけられた、代金を振り込んだのになかなか出版されない、契約前の話と違って営業や宣伝がまったくなされなかった、など、トラブルに発展したケースは少なくないようだ。

とりあえず冷静になろうと、トイレに向かった。排泄を済ませ、シャワーで股間を洗っているあいだにも、いづみのことを考えていた。SNSで楽しそうな写真ばかり見ているからか、笑顔の彼女ばかりが頭に浮かぶ。詐欺にあったら、いづみはきっと泣くだろう。春臣は怒るだろうか。

パソコンデスクに戻り、しかし、すぐにもう一度立って、今度は台所で麦茶を飲んだ。グラスを傾ける手と、水を嚥下《えんげ》する喉の動きが合わず、口の端からこぼりと液体があふれる。それは顎を伝い首を縦に進んで、やがて臍《へそ》に辿り着いた。実緒はしばらく腹を掻いていたが、やがて、よし、と頷いた。いづみにメッセージを送る決意をしたのだった。怪しまれないよう、仕方なく本名でもう一つアカウントを作成した。

まず、突然メッセージを送ったことを詫び、偶然いづみの記事を読んだものだと嘘を吐いた。それから、明日の出版社の人と会う約束は、とりあえずキャンセルしたほうがいいと忠告する。自費出版関係のトラブルを扱っているサイトのURLを貼りつけ、もちろん犯罪性がない場合もあるが、いずれにせよその出版社の評判はしっかり調べたほうがいい、できればご両親にも相談してください、と続けた。文章の機微にはよくよく留意した。いづみの自尊心を損ねたくなかった。

送信する直前、このメッセージもまたいづみの目には不審に映るのではないかと、急に不安に襲われた。しばし考えてから、冒頭に、ライターの端くれのようなことをやっています、との一文を追加した。出版業界に関わりがあると書けば、少しは説得力が増すかもしれないと思ったのだ。

しかし、佐原澪のほうの名を明かす気持ちにはどうしてもなれなかった。書けばおそらくいづみは検索し、佐原澪の経歴を調べるだろう。そうすれば、すぐに分かるはずだ。六年前にデビュー作が刊行されて以来、一冊の本も出ていない作家だと。雑誌にも四年以上掲載がないと。もう消えた人といづみに思われるくらいなら、死んだほうがましだった。

翌日早朝、アルバイトから帰ってきた実緒は、そそくさとパソコンを起動させた。待ちきれずに帰りの電車でスマートフォンを使い、いづみからのメッセージが届いていることは知っていた。だが、内容までは見なかった。自室で、自分がもっとも落ち着く全裸で、いづみからの返信を味わいたかった。

メッセージは謝意にあふれていた。例の出版社を調べたところ、あまりいい噂《うわさ》がなく、危うく自分も被害者の一員になるところだった、嬉しさのあまり浮かれていたようだ、助かりました、と書かれていた。佐原さんのおかげです、との言葉を読んだときには、実緒は鼻に皺を寄せた。こうでもしないと際限なくにやにやして、顔の筋肉が崩壊しそうだった。メッセージには続きがあった。佐原さんってライターをされているんですね、すごいです。私も将来文章に関わる仕事がしたいので、よかったら一度会ってお話を聞かせてもらえませんか？　今回のお礼もさせてください。

　句読点の位置まで暗記するほどに、実緒は何度も何度も読み返した。喜びで脳が爆《は》ぜそうで、これこそなにかの詐欺ではないかと思ったが、一体いづみが自分からなにを奪うというのか、と我に返る。

　前のめりにならないよう気をつけながら、承諾の返事を書いた。こういうとき、実緒は文章の懐の深さを痛感する。話し言葉は瞬時に正解を弾き出さなければならない上に、声の抑揚や表情の変化にまで、場に合ったものを要求される。それに比べ、文字を綴って編む言葉は、心ゆくまで訂正できた。もっとも気持ちに合った表現を、気が済むまで探れるのだ。

　アルバイトから帰ったあと、いつもは二、三時間眠る。だが、今日は目が冴《さ》えて寝られそうになかった。いづみの写真を見返し、この目が自分を捉えるのだと、胸を詰まらせた。気持ち悪がらせてしまう心配もあったが、一度でも話ができたら充分だ。それに、春臣の話も聞けるかもしれない。

実緒はふたたび鼻に大きく皺を寄せた。

いづみとは二日後に会うこととなった。実緒の住んでいるところまで行くといづみは言ったが、そうなると、店選びの主導権をこちらが握らなければならない。最適を選べる自信のなさから、実緒はどうか場所を決めて欲しいと願い出た。その結果、実緒が一度も訪れたことのない、有名ブランド店や最新のセレクトショップが建ち並ぶ街のカフェに決まった。

地下鉄の駅からも幹線道路からもやや離れた、一方通行の細い道を数度折れたところに店はあった。分かりにくいと聞いていたため、時間に余裕を見て出発していたが、ナビゲーションアプリのおかげでまったく迷わず、むしろ三十分も早く到着した。コンクリートの打ちっ放しの建物で、一階には服屋が入っていた。カフェは外階段を昇った先の、二階にあるらしかった。

服屋の窓ガラスに、自分の姿が淡く映り込んでいた。細面で目は小さく、一重瞼が厚い。眉尻にかけて、眉毛が太くなっている。そんな顔立ちの女が、半袖のシャツワンピースとジーンズを着て、スニーカーを履いていた。ワンピースは、紫と白のチェックだ。昨日衣料量販店で購入したものだった。ワンピースとジーンズの組み合わせに見覚えがあり、これならできるかもしれないと買ったものの、アパートに帰って合わせてみると、絶望するほど垢抜けないいつもの自分だった。街で見かけたのは、こんなたっぷりした形ではなく、もっと細身のジーンズだったかもしれない。そう思ったが、再度買いものに行く気力はなかった。新しいぶん、ほかの服よりはまだいいはずだと、ガラスの中の落ち着かない姿に言い聞かせた。

迷った末、先に店に入っていることにした。店員に待ち合わせであることを告げ、席まで案内してもらう。入口正面が全面の嵌《は》め殺し窓になっていて、外光で店内は明るかった。木目調の椅子とテーブルは形に丸みがあり、雰囲気が温かい。ケーブルの長いペンダントランプが、各テーブルの上に吊《つる》されていた。すべてが知的でスマートで、自分のアパートと地続きであることが上手く飲み込めなかった。

目印の文庫本を広げるも、目がなかなか文字を拾わない。メニューのフォントや、フローリングの傷までもが洗練されて見える中、実緒は明らかに異分子だった。居づらさを誤魔化《ごまか》すため水を飲んでいたところ、グラスはあっという間に空になった。注文したアイスコーヒーも、ものの数分で飲み干してしまう。もう一杯追加しようとしたとき、入口から視線を感じた。

真っ青なノースリーブのカットソーに、裾の広がったベージュのキュロットを穿いたいづみが立っていた。長い髪を、ポニーテールに結っている。黒いパンプスを履いた脚は、白くて細くて長い。実緒は思わず口を半開きにした。後光が射《さ》しているみたいだった。

いづみは実緒を見て一瞬目を丸くしたが、すぐに小さく頭を下げ、微笑みながら近づいて来た。

「佐原さんですか？」

「は、はい」

「はじめまして、津埜いづみです。お忙しいところ、今日はありがとうございます。お店、大丈夫でした？」

声は耳に入ってくるのに、輝きに目を奪われて、いづみの言っていることが理解できなかった。音声から意味が抽出できない。実緒が黙っていると、

「お店の場所、すぐに分かりましたか？」

と、いづみは言い換えた。

「ナ、ナビがあるので。あの、スマホの。これ、去年買ったばかりで。だから大丈夫でした」

「よかったです」

いづみは目を細め、実緒の正面に着席した。実緒は一枚の絵が完成したように感じた。いづみの凜とした佇まいは、店の落ち着いた内装によく合っていた。いづみに勧められるまま、実緒もレアチーズケーキを注文した。

店員が去ると、いづみはまず、

「このたびはありがとうございました」

と、両手を揃えて頭を下げた。

「今までも小説とかエッセイとか、書いてはいろんな賞に応募していたんですけど、相手から反応があったのは今回が初めてで、だから本当に嬉しくて、すっかり浮かれていました。出版社の評判を調べたあと、すぐ先方に連絡して、都合が悪くなったから約束をキャンセルして欲しいって言ったんですけど、ならいつなら大丈夫なのかって、必死な感じで言われて……。仕方なく、やっぱり共同出版はしないって言ったら、ガチャって切られちゃったんですよ。それだけでもう怪しいですよね」

いづみが話すあいだ、実緒は小刻みに首を横に振り続けた。自分はたいしたことはなにもしていないという、ささやかな意思表示のつもりだった。二人分のケーキと飲みものが運ばれてくる。実緒はストローの存在を忘れて、喉の奥に勢いよくアイスコーヒーを流し込んだ。口の中の渇きがそうさせていた。

一方のいづみはアイスティーをストローで吸うと、

「親にも叱られちゃいました。なんで会う約束をする前に言わないんだって」

と、眉尻を下げた。

「でもうちの親、私に甘いから、ちゃんとした出版社で自費出版とか共同出版をするぶんにはいいんじゃないか、なんて言うんです。賞でいいところまでいったのは事実だろうって。本、出してみたらどうかって」

華奢《きゃしゃ》なフォークを巧みに動かし、いづみはチーズケーキを小さく切り分けていった。ほかの客の話し声と、スピーカーから小さく流れるジャズが、さざ波のように耳に心地良く響く。いづみがフォークを口に含む。口を開けた瞬間に赤い舌がちらりと見えて、実緒は動揺した。フォークをケーキに刺す手に、つい力が入る。皿が傾いた。かちゃんと耳障りな音が立ったが、いづみが気にした様子はなかった。

「私も文章を書く仕事に就くのが小さいころからの夢だったから、そう言われると、ちょっと迷っちゃうんですよね」

レアチーズケーキは甘くなく少し塩味もあって、ケーキというよりはチーズに近かった。いづみも食べているそれを、しっかりと味わう。アイスコーヒーを今度は一口だけ飲み、おしぼりで強く口を拭った。

「津埜さんは、文章を書く仕事がしたいんですか?」

それまでほとんど無言だった実緒の問いに、いづみは一拍置いてから、はい、と頷いた。

「小説も好きなんですけど、ノンフィクションを読むのも好きで、だからノンフィクション作家とか、あとは佐原さんみたいなライターにも憧れています。とにかくなんでもいいから、なにかを書いて暮らしたいんです」

「なら、自費出版はやめたほうがいい、と思います」

いづみはフォークを皿に置き、どうして、と尋ねるように小首を傾げた。賢いイルカのような仕草だった。

「いや、あの、記念なら、別に自費出版でもいいと思うんです。本っていう形にして、読んで欲しい相手に配って、そういうことが目的なら。あ、あと、営業ツールを作るつもりでやる場合とか。でも、津埜さんは書くことを仕事にしたいと思っていて、それはつまり、自分の文章を商品として市場に流通させたいってことで、それをお金を出して叶《かな》えるのは、ちょっと違う気がするんです。同人誌ならいいと思うんですけど。あれは……なんていうか、違うから」

「違う？」

「こう……フィールドが」

「商業ではないから？」

「そう、商業」

実緒はテーブルに拳を打ちつけ小さく叫んだ。グラスや皿が揺れ、ふたたび甲高い音が鳴る。いづみが驚いたように身を引いた。実緒は慌てて食器を押さえ、すみません、と頭を下げた。

「自費出版や共同出版で作った本は、一応の商業出版物にはなりますが、まず書店には並びません。本って、毎日のようにものすごくたくさん刊行されていて、でも、店のスペースには限りがあるから、実際の店舗で扱ってもらえるっていうのは、本当にすごいことなんです。共同出版の中には、必ず置いてもらえるよう契約している書店がある、なんて売り文句のものもあります。でも、自費出版の本を置いてくれるお店は、もともとの取り扱い数が膨大なんですよね。オンライン書店もそうですけど、何百万、何千万冊の中から一冊を手に取ってもらうなんて、奇跡に近いんです」

自分の本が書店に並んでいるのを初めて見たとき、実緒はしばらくその場から動けなかった。地元出身ということで、年寄りが経営しているような小さな店でも取り扱われた。売り場面積の大きいところなら、この町出身です、と手製のＰＯＰ広告もついた。どれほど感動するかと前の晩は眠れなかったが、実際は胸が熱くなるというよりも、意識が緩やかに遠のいていく感覚に近かった。現実感は一向に湧かず、しかし、確かに嬉しいのだった。

「自費出版や共同出版では、商業のまねごとしかできません。だから、多額のお金を払ってまでやることでは絶対にないです。津埜さんにとって、夢の劣化コピーにしかならないと思います」

実緒は喉を鳴らし、残りのアイスコーヒーを飲み干した。しばらくぶりに人と話したわりに、タイピングするように言葉が出てきたのが不思議だった。

小説が書けなくなったのと、自著への反響が目に見えて減りだしたのが、ほぼ同時期だった。パソコンの前でワープロソフトを開いてはえずき、インターネットでタイトルを検索しては頭を掻きむしった。ここから脱するには、もう一度本を出すしかない。そう思い、自費出版について調べた。編集者に却下された原稿だけで、ゆうに一冊分のデータになった。だが、費用を調べるうちに、避けがたい違和感に駆られた。自分はこれをやってはいけない。本能的に思った。明確な理由までは、当時は分からなかった。

「佐原さんは、ライターの仕事に誇りがあるんですね」

実緒は首を振った。

「私には、文を書くことしかないから」

「それは、書くことに救われたってことですか?」

戸惑っているようないづみの視線を、実緒は正面から受け止めた。やや直線気味に描かれた眉が、服の濃い青に映えていた。ベージュに塗られた二重の瞼は濡《ぬ》れたように光り、黒目は店内の明るさを受けて、色素が薄い。

「救い、なんでしょうか」

実緒は呆《ほう》けたように呟いた。

「本当は、こんなふうに生きたくなかった気がしています、ずっと」

「ライターにはなりたくなかったってことですか？」

空になったグラスに目を移す。氷は半分以上がすでに溶け、かすかに色づいた水が底のほうに溜まっていた。

「友だちが欲しかった」

グラスを摑むと、水滴が手のひらに張りついた。氷がグラスの中を泳ぐ。時折ガラスの壁に当たり、涼しい音が鳴った。

「書くことを仕事にするより、友だちと学校生活を送ってみたかったです。通学路の途中で待ち合わせて、一緒に登校して、帰りは友だちの部活が終わるまで、私は空き教室や下駄箱のところで待つんです。教室を移動するときも、もちろん友だちと一緒です。好きな子同士で班を作れと先生が言ったら、その瞬間に目配せして、組むよね、もちろんって、互いの気持ちを確認し合います。友だちと離れればなれにならないか、クラス替えにどきどきして、体育祭や文化祭の打ち上げで騒いで。修学旅行も、もう楽しみで仕方がないんですよ。二日目の私服の日になにを着ようか、放課後に話し合うんです。そっちがワンピースを着るなら私もそうするね、とか言って、お菓子とか食べながら、何時間も。次の日も学校で会えるのにどうでもいいことで夜中にメッセージを送り合ったり、お弁当を食べながらテレビの話をしたり、本やＣＤの貸し借りを先生に見つかって怒られたり、誕生日のプレゼントを贈り合ったり。そういうことをしたかった。友だちの恋愛相談にのって、そんな男とは別れなよって言って友だちを怒らせて、だから仲直りの手紙をノートに書いて、それをハート形に折って。そういうことをやりたかった。少し大人になってからは、花見とか海とかスキーに一緒に行くんです。友だちの取り立ての免許で。あ、温泉もいいな。運転中に私が話しかけたら、喋りかけないでって、すごく焦った声が返ってきて。思わず笑ったら友だちが拗《す》ねちゃって、私はお詫びに途中のサービスエリアでコーヒーをご馳走《ちそう》します。そういうことでいっぱいの人生を、本当は送りたかった。でも無理だったから。叶わなかったから。誰とも話さないと、一日ってすごくすごく長いんです。昼休みも放課後も、本当に果てしないんです。だから、本ばかり読んでいました。本を読むしかなかった。その延長で、自分でも書くようになりました。書くことには相手がいりません。パソコンがあればよくて、ただたどしい言葉しか綴れないときでも、パソコンは私を拒否したり軽蔑したりしません。それだけのことなんです。救われたとか、そんなきらきらしたことでは全然なくて、私はもう、文章と生きていくしか仕方がないんです」

実緒はまだグラスを振っていた。氷はさらに溶け、あとはラムネ大のものが三つ、かろうじて水の中を回っているだけだった。

いづみはチーズケーキを凝視していたが、おもむろに顔を上げ、

「それを救いっていうんだと思います。佐原さんがこれまでどんなふうに生きてこられ

たか、私はもちろん知りません。でも、一日が途方もなく長く思える人が皆、よりどころにできるものを見つけられるわけじゃないですよね。だけど、佐原さんには本があった。文章があった。これって、救われたってことじゃないですか？」

　実緒はゆっくりと瞬きをした。これまでの日々に本がなかったら、と初めて考え、ぞっとした。友だちもいなくて本も読まない。そういう可能性もあったのか、と思った。

「救い、だったんでしょうか」

「すみません、偉そうに」

　実緒は千切れそうなほど強く首を横に振った。

「そんなこと」

「よかった。私、彼氏によく言われるんです、言うことが説教くさいって」

　思いがけず春臣の話題が降ってきて、身体が固まった。二人の性交の様子が頭に浮かび、うっかり手の中のグラスを大きく傾けてしまう。薄墨をさらに薄めたような色の水が、歪な扇形を描いてテーブルの上に広がった。

「あっ」

「あっあっああ」

　声に気づいた店員が、台拭きとタオルを持って駆けつけた。中身が少なかったこともあり、被害はテーブルの上だけに留《とど》まった。実緒は項垂《うなだ》れるように頭を下げた。

「すみません、本当にすみません」

「そんなに気にしないでください。なにも濡れなかったんですし。それより佐原さん、ライターのお仕事についてうかがってもいいですか？」

「は、はい」

手提げカバンから旅行誌とファッション誌を取り出した。いづみから、実緒の記事が載っているものを見たいと言われていた。すごい、有名なのばっかり、と興奮しながら、いづみはページをめくった。

「佐原さんが書いたのは、どれですか？」

「えっと、お花見特集の――」

一色刷の全国マップのページです、と実緒が言うより早く、

「お花見？　もしかしてこれですか？」

いづみが開いたのは巻頭の特集ページで、関西随一の桜の名所が掲載されていた。何枚ものカラー写真があふれ、桜の見ごろ見どころだけでなく、近隣のカフェや土産物屋についても紹介されている。いづみはピンク色のロールケーキを指差した。

「ってことは、このカフェにも取材に行ったんですか？」

「――はい」

「うわあ、すっごいすごい、大きな記事。全然端くれなんかじゃないじゃないですか。

写真を撮ったのはカメラマンの方ですか？」

「――はい」

「誰がカメラマンの手配をするんですか？　編集部？　佐原さんですか？」

「へ、編集部です」

「そうなんですね。ライターがデジカメを使って自分で撮影する場合もあるって、聞いたことがあるんですけど」

「そ、そういうときもあります」

「取材はどんな感じだったんですか？」

　ライター業を始めたばかりのころ、カメラマン同行で水族館に行ったことがあった。そのときの記憶を懸命に引っ張り出す。その日のためにＩＣレコーダーを買ったこと、バックヤードにも水槽がたくさん並んでいたこと、メモは取りすぎても取らなすぎても相手を不快にさせると聞いて、当日とても緊張していたこと。矛盾が生じないよう調節しながら、花見特集に置き換えて話した。

　いづみは何度も深く頷いた。

「ライターには、人から話を聞き出す能力も必要なんですね」

「はい」

　言葉に詰まったり喋りすぎたりで、水族館の飼育員とは結局最後まで上手く話せなかった。相手が気を遣い、記事にしやすいのではないかと、自ら孵化《ふか》したばかりのウミガメについて話してくれたほどだった。記事自体は一ヶ所の直しも必要ないほど上手く書けたが、取材相手と円滑に話せなかったのは、ライターとして致命的だ。編集部も懲りたらしく、これ以来取材を必要とする依頼はない。

「失礼ですが、佐原さんはおいくつですか?」

「二十三……今年で二十四です」

「ってことは、二年目? 大学を卒業してすぐ、ライターになったんですか?」

「あの、私は大学には行っていなくて」

「あ、そうなんですね。ライター教室に通われたとか?」

「えっと、その、ここの出版社に、ちょっとした知り合いみたいな人がいるんです。それで、あの、仕事を紹介してもらうようになりました」

「えー、すごい。それで二十三歳にしてフリーライターかあ」

いづみの目にさらなる光が灯ったのを見て、実緒はにわかに焦りを覚えた。慌てて、

「このお花見特集は特別で、普段はこんなに大きいのは書いてないです。もっと小さいのばっかりで……っていうか、数も全然多くなくて、原稿料だけでは食べていけない月もあるから、バイトもしてます」

と言い添えたが、いづみは、それでもすごいです、と力強く首肯した。

問われるままに、仕事の受注から完了までについて説明した。知っていることをただ話せばいいのは気楽だった。いづみは優れた聞き手で、ときに質問で実緒の話をほぐし、ときに丁寧な相槌《あいづち》を打った。

「ああ、今日は楽しかった。お礼のつもりだったのに、私ばかり話を聞かせてもらっちゃって、なんだか申し訳ないです」

レジで二人分の代金を払いながら、いづみは言った。自分も払うと実緒はか細い声で主張したが、瞬時に却下されていた。内心では、今日を楽しんだのは圧倒的に自分のほうだと思っていた。電話番号やメールアドレス、メッセンジャーアプリの連絡先まで交換させてもらったのだ。電話帳にいづみの名を入力する際、実緒は胸が熱くなった。思わず画面を凝視していると、いづみから、大丈夫ですか、登録できましたか、と尋ねられた。

外に出ると、暑いと思うより先に、全身から汗が噴き出した。街路樹の緑は濃く、遥か上空にはカリフラワーのような雲が浮かんでいる。熱で揺らめく駅までの道を、いづみと並んで歩いた。すれ違うどんな人よりも、いづみのほうがきれいだと思った。

改札で別れる際、いづみは深々と一礼した。

「自費出版の件では、本当にありがとうございました。あと、お仕事の話もおうかがいできてよかったです。今年の冬から就職活動が始まるので、いろいろ聞けて助かりました。あの、近いうちにまたお誘いしてもいいですか?」

「おさ、お誘い?」

「またぜひ佐原さんにお会いしたいです。そのときは彼氏のことも紹介させてください。彼氏も本が好きなんですよ。佐原さんの話、きっと喜ぶと思うから」


ピッと音が鳴ったのと同時に、脚のあいだから熱いものが流れるのを感じた。スキャナを握ったまま立ち尽くす。なにが起こったのかは瞬時に分かったが、事実を飲み込むまでに若干の時間がかかった。朝から下腹部に違和感はあったものの、単に身体が冷えただけだと思っていた。

あと数個のペンキ缶をスキャンすれば、今取り組んでいる棚は完了する。先に作業を片づけることにした。今日の棚卸し先はホームセンターだった。実緒の地元にあるような店とは違い、広さはさほどないが、雑貨類の取り扱いが多いぶん、品物がこまごまとしている。いつもの三倍の人員で臨んでいた。必要最低限の照明とエアコンの下、電子音がほうぼうで鳴っていた。

区切りをつけて休憩を願い出ると、リーダーはパソコンから目も離さずに、どうぞ、と冷ややかな声で応えた。店舗側から控え室として借りた部屋へ向かい、カバンを摑んでトイレに直行する。個室に入って下着を下ろすと、案の定、赤い染みがついていた。

便器に腰を下ろしたまま、肩を落として項垂れた。数ヶ月ぶりの月経だった。実家にいたころは一定の周期を保っていたが、一人暮らしを始めて以後、粗末な食生活がたたったらしく、すっかり不順になっていた。生理用品は常にカバンに入れてあるため、大事には至らないが、憂鬱だった。

身体の状態を自覚した途端に、下腹部の違和感も大きくなった気がした。普段、実緒はさほど痛くなるほうではない。だが、今回は辛《つら》くなる予感があった。全裸生活を始めて二ヶ月。そのあいだ、身体を冷やしていたことは間違いない。

腹をさすりながら、担当場所に戻った。まるで子宮の内側が絞られているみたいに腰のあたりが気怠く、なぜか胸にまで圧迫感があった。それでも実緒は必死にバーコードをスキャンし、商品の数を数えた。スプレー塗料、刷毛《はけ》、接着剤。動くたびに血が流れ出る感覚は不快で、貧血なのか軽く目眩もした。しかし、ミスは許されない。今日のリーダーは、以前に実緒を叱責したあの眼鏡の男だった。

集中を心がけるほどに、感覚は乱れた。手の中で鳴る電子音が、近くからにも遠くからにも聞こえる。床は傾き、壁はしなった。床に突っ張る脚やスキャナを動かす手が、他人のものに思えてならない。だって、こんなところにいるはずがない、と実緒は思う。自分は小説を書くために東京に来たのだ。なのにどうしてニスなんか数えているのだろう。

なんとかミスなく受け持ちぶんを終え、帰りの電車に乗った。早朝の電車は、いつもどおりに人気《ひとけ》がまばらだ。赤ら顔で床に座り込んでいる男がいた。酔っているらしい。きちんとした姿勢で着席している人も、皆、どこか存在感が薄かった。

実緒は両の手のひらを腹に当てた。違和感は痛みに変化を遂げようとしていた。陰鬱な気分が加速する。月経という生理現象は、実緒にとって苦々しいものでしかない。自分には生涯恋人はできないだろうと考えているから、自然、セックスを経験することも諦めている。春臣といづみの性交を見るたびに改めて感じた。自分はあちら側には行けない。

また、セックスとは愛情表現でありながら、生殖行為でもある。実緒の諦めはすなわち、妊娠出産への諦念でもあった。自分の身体に子どもは宿らない。もっとも本質的な役割を、この子宮は果たさない。なのに気まぐれに卵子は排出され、そのたび面倒な現象が引き起こされる。

アパートに着くと、すぐさまシャワーを浴びた。排水口に吸い込まれていく水に、ときどき赤い筋が混じる。自分の身体からこれほど濃く激しい色が出てくることに、不思議な心地がした。

バスタオルで全身を拭きながら、服を着ようか考えた。着たくない、というのが率直な思いだった。体調が優れないからこそ、肉を締めつけたり皮膚を塞いだりすることに気が進まなかった。若干の意地と矜持《きょうじ》もあった。自分は透明人間で、全裸が本来あるべき姿だと思っていたはずだ。それを月経くらいで簡単に撤回していいものか。

裸のままでしばらく過ごすことにした。洋間に行き、小箱から頭痛薬を取り出す。パッケージを確認したところ、生理痛にも効くようだ。二つの白い錠剤を、冷たい麦茶で嚥下した。ほっとすると、急に空腹を感じた。冷蔵庫にあった白飯を温め食べた。

そのあいだも、下半身からは血が流れていた。排出の瞬間を感知することもあれば、知らないうちに垂れていることもあった。気づかずに血の塊を踏み、足の裏が汚れたときには閉口した。掃除しようと試みたが、床に落ちた赤には粘度があり、フローリングの上で伸びて上手く取り切れない。屈《かが》んで懸命に擦《こす》るそばから、新たな雫《しずく》が床に落ちる。拭く。伸びる。擦る。垂れる。拭く。きりがなかった。

結局折れ、生理用品と下着だけは着用することに決めた。衣類をまとって部屋で過ごすのは久しぶりだった。下腹部と臀部を布で覆うと、思いがけず深い息がもれた。ふらふらとベッドに倒れ込む。疼くような痛みから、鈍器で殴られているような痛みに変わりつつあった。まだ薬は効かない。横向きになり、子宮を守るように背中を丸めた。

身体の深いところが脈打っている。心臓の動きよりも大きくて激しい。波のうねりにも似た律動だ。実緒は目を閉じる。痛みに身を委ねると、揺られながら遠くに流されていく感覚があった。

ほとんど股下のないデニムのショートパンツを穿いた男が、車内をうろうろしている。背が非常に高く、時折頭に吊り輪《つわ》が当たったが、男に気にする様子はない。

平日の昼間、半分以上の座席が空いていた。彼は好んで歩き回っているらしい。男の脚は目の粗い網タイツで覆われ、脛毛が中で渦を巻いていた。ショートパンツの上は、真っ黄色のタンクトップだ。目や頬に化粧がほどこされている一方で、髭《ひげ》は剃られておらず、顎は黒々としていた。どうやら深海魚の話をしているらしい。ダイオウグソクムシは海底に沈んでいる魚の死体を食べます、フジクジラは生きているあいだはきれいな藤色をしていますが、死ぬと真っ黒に変色します、ハプロフリュネー・モリスは体の骨格や筋肉が透けています、真っ暗な深海に住む彼らはなかなか同種に出会うことができません、太陽の光が届かない世界では繁殖の相手を見つけるのも困難です、たった一匹でさまよい続けるうちに、人生が過ぎていきます。

実緒は密かに耳をそばだてていた。彼の声には静かな息づかいがあって、聞いていると、頭蓋骨の内側で脳が優しく震える感じがした。上京してから、集団に馴染んでいない、変わった人を見かける頻度がぐんと高くなった。彼らを見ると、どこか気持ちが落ち着いた。周囲から見て見ぬふりをされ、ときに指をさされて眉をひそめられても、まったく意に介さない人たち。その強さに、助けられているような気分になる。

男より、実緒のほうが早く電車を降りた。駅から目的地までは、歩いて三分とかからない。見上げると首が痛くなるほどの高層ビルで、一階部分の窓ガラスには、雑誌や漫画のポスターがずらりと貼られている。警備員の脇を通り抜け、ロビーに入った。自分の身分と来訪の目的を紙に記し、受付に提出する。GUESTと書かれたバッジをもらって、近くのソファで待った。

この出版社には、もう何度も来たことがあった。打ち合わせをしたり、インタビューに応えたり、一回ごとに記憶がある。ロビーのソファに座っているときは、必ず初めて訪れた日のことを思い出した。授賞式の日、会場のホテルに行くまでの時間を、このビルの中で過ごした。さまざまな部署の人がやって来ては、実緒に挨拶をした。スーツを着て、淀《よど》みない手つきで名刺を差し出す相手は、全員が熟練した大人に思えた。

「佐原さん」

跳ねるように起立する。太い黒縁の眼鏡をかけた三十代くらいの男が、実緒に向かって手を挙げていた。ときどき原稿を請け負っている旅行誌の、編集者の一人だった。今日は打ち合わせをしようと呼ばれていた。

「すみません、暑い中ご足労いただいて」

「いいえ、あの、よろしくお願いします」

六畳ほどの広さの個室に通された。机と椅子、固定電話があるだけの簡素な部屋だ。

「なにか飲まれますか？」

「えっと、じゃあ、アイスコーヒーで」

今日も外の気温は三十五度を超えていた。アパートを出る直前まで全裸でいたため、服の下で身体はなおさら暑さに参っていた。九月に入り、朝晩は多少冷え込むが、日中の暑気についてはまだ収まる気配がない。

来月分の原稿について、メールでも済むような話をしたのち、編集者は、原稿料についてなんですけど、と、やや気まずそうに切り出した。やはり打ち合わせは名目だったかと納得しつつ、実緒は居住まいを正した。

「すみません、もう少し、下げさせてもらえませんか？」

間髪《かんはつ》を容《い》れずに、はい、と実緒は頷いた。実緒の原稿料は、もともと相場より安い。拒否されると思っていたのだろう、編集者は驚いたように目を見張った。だが、実緒はもとより原稿料を生活費のあてにしていない。多少減ったところで厳しさは変わらないという、自虐の心もあった。

コーヒーを飲みながら、少し雑談をした。

「小説のほうは、最近どうですか？」

実緒は首を振った。

「書けてない……です」

昨日も一作書いてはいた。川のほとりに住む青年の話だ。湧き水が細く流れている程度のその川は、山を抜けて町を通過し、やがては何百キロという長さの巨大な河になる。そして、海に流れ込むのだ。あるとき青年は、幼いころに自分を捨てた母親がその河口のすぐ近くに住んでいることを知る。次の満月の晩、彼は河原に立ち、ナイフで自分の親指の腹を切る。ぷっくりと盛り上がった血は、雫となって水に落ちていく。海に向かう水の流れに、青年の目はいつまでも赤を見続ける。

書き上げた掌編を春臣のマンションに届ける習慣は続いていた。印刷した紙を折って封筒に入れ、２０４のポストに押し込む。ことりと音がすると、身体の内側に喜びが芽生えるのを感じた。

それなりの完成度は目指していたが、どの掌編も所詮は習作だと実緒は考えていた。小説を書けたとはとても言えない。まず、短すぎる。せめて短編と呼べる長さでなければ、担当の編集者には渡せないだろう。それに、どれも面白さをまったく意識していなかった。ただ自分が書きたいものを書いているだけ。日記に近い。

「そっか、頑張ってね」

旅行誌の編集者は薄く微笑んだ。

双方のグラスが空になったところで、打ち合わせは終了した。受付にバッジを返却し、出口に向かって歩き出す。と、外から入ってきた中年の男が、実緒を認めるなり早足で近づいてきた。

「やっぱり佐原さんだった。久しぶりじゃん。元気にしてた?」

赤と黒のチェックのシャツに、ベージュのチノパン、黒い革靴といういでたちの男だった。髪は豊かで、白髪と黒い毛がほどよく混じり、全体として銀色がかったグレーに見える。少し飛び出し気味の眼球には、相変わらず異様な熱があった。

「わ、渡瀬《わたせ》さん、お久しぶりです」

デビューからの三年間、実緒を担当していた編集者だった。見切り発車で上京した実緒をなにかと気にかけ、書けなくなったときにライター業を勧めたのも彼だ。有能で顔の広い渡瀬の発案だったからこそ、実現したともいえる。随分いろんな部署に声をかけて回ってくれたらしいと、あとから人づてに聞いた。実緒にとって、まさに恩人だった。しかし、三年前に文芸誌から新書の部署へ異動が決まり、それきり会っていなかった。

「今日はどうしたの?　なんかの打ち合わせ?」

「えっと、あの」

旅行誌の名を出すと、渡瀬は、なあんだ、小説のほうじゃないんだ、と言って快活に笑った。

「最近どう?　なんか書いてる?　まだだめ?」

渡瀬ははっきりとものを言う人で、書いても書いても通らなかった時期はそれが辛かった。なにが不足しているのか、あるいはなにが過剰なのか、電話口で一時間近く指導を受けた日々を思い出す。必死にとったメモは字が汚く、電話を切ったあと、読み返しながら号泣した。鼻水が垂れて、メモ帳に花の形の染みを作った。

「まだだめ、です」

「おー、長いなあ。こりゃあ完全に迷路に入り込んじゃったね。担当は今誰がやってるの？　ちゃんと連絡は取り合ってる？」

渡瀬の次から担当者は替わっていない。実緒より四歳年上の、言動の軽やかな男だ。彼とのあいだにはこの一年、なんのやり取りもなかった。放っておかれているとは感じていたが、まさか書けていない実緒から連絡をするわけにもいかない。書けない作家は作家ではないのだから仕方がない、と自分に言い聞かせていた。

実緒が力なく首を横に振ると、渡瀬は、

「えー、だめじゃん」

と、鼻息を荒くした。

「じゃあさ、なにか書き上がったら、まず僕に送ってよ。僕が読んで、それからあいつに佐原さんとちゃんと話すよう、言ってやるから」

「は、はい」

「だから、頑張ってね」

飛行機でも見送るように大きく手を振って、渡瀬はオフィスに入っていった。思えば家族を除き、もっともたくさん話した相手が渡瀬だった。仕草が大雑把で忙しそうなところは相変わらずだ、と小さく笑った。

帰り道、実緒は目を閉じ電車の揺れに身を任せた。なにか書き上がったら、と渡瀬は言ったが、まさか春臣に押しつけている掌編ではだめだろう。言葉の裏を読むのが苦手だった実緒も、二十歳を超えてさすがに建前や社交辞令は学んでいた。短すぎるし、きっとどれ一つとして渡瀬の厳しい目には適《かな》わない。でも、もう少し長いもの、もう少し納得できるものが書けたら、そのときは——。

そんな日は本当に来るのだろうか。

確かに短い話は書けるようになった。清潔な水を泳ぐように、すべらかに文章は思い浮かぶ。特に意識しなくとも、身体はきれいな流線型の姿勢をとった。だが、欲をかいて長くしようとすると、途端に陸に打ち上げられた。一文字も書けなかったころの記憶が背後に迫る。息が苦しい。頭の奥が痺れてくる。

早く部屋に帰って裸になりたい。祈るように実緒は思う。肌を布で覆われているから、辛いことしか浮かばないのだ。生きものは口からだけでなく、きっと全身で呼吸をしている。ポロシャツもジーンズも下着類も身体から取り去って、なにか雄大な生物の動画を見よう。そうだ、クジラがいい。そうして、果てのない海を自由に泳ぎ回るのだ。

電車の速度が落ちたのを感じ、実緒は瞼を開いた。見慣れた看板が並んでいる。降りる準備をしなければならない。まだ五時だというのに、ビルや看板の背後には、すでにうっすら日没の気配があった。暑さを置き去りにして、少しずつ確実に日は短くなっていた。

その日の晩、実緒のスマートフォンはいづみからのメッセージを受信した。明日の集中講義に、よかったら一緒に出ないか、というものだった。大学に縁のない実緒には、書かれている内容が理解できない。集中講義とはなにか、部外者が交じっていても怒られないものなのか、受講料は発生するのか、と基本的な質問を重ね、ようやく、夏休み中に開かれている特別講義の一つに、学生のふりをして紛れ込まないかと誘われていることを知った。

いづみは今日、その講義の初日だったそうだ。曰く、場所は大教室で、受講者は百人以上いる。授業中に指名されることもないし、出欠確認を兼ねた小テストは提出しなければいい。必要なテキストもないから、絶対にばれないとのことだった。

百人もの同世代が一つの空間にいる様子を想像するだけで、実緒の胃は縮み上がった。しかし、自分がいづみからの誘いを断れないことも分かっていた。また会いたいと言われてから、まだ一週間と経っていない。一度会えただけで充分と、社交辞令の覚悟もしていた。なのに、本当に連絡をもらえた。

スマートフォンが震える。またメッセージを受け取ったようだ。実緒はうつ伏せに寝返りを打った。両腕で上半身を支えつつ、指で画面を操作する。この講義、実は彼氏も一緒なんです。よかったら三人でお昼でも食べませんか？　文末では垂れ目のウサギが、手に持ったナイフとフォークをぴこぴこと上下に振っていた。

承諾の返信を終えると、身体が自然に透け始めた。ならば、と春臣の部屋へ向かう。全裸で電車に飛び乗り、走って走ってマンションの下まで辿り着くと、２０４号室の窓には薄く明かりが灯っていた。オートロックを通過し、階段をふわふわ上がって二階に行く。玄関のドアを抜けると、スニーカーの横には黒いパンプスがあった。突き当たりのリビングから、二人分の息づかいが聞こえてくる。必要もないのに実緒はつま先立ちになり、ゆっくりと廊下を進んだ。

リビングに入ると、春臣がいづみに性器を挿入しているところだった。実緒はソファに座り、脚を両手で抱え込んだ。その姿勢で、ベッドの上をじっくりと眺める。上下する一対の肉体、湿った肌のぶつかり合う音、春臣の呻《うめ》き声《ごえ》、春臣くん、と、いづみのかすれた吐息。

完璧な恋人たちにもうすぐ会えるのだと思った。

アルバイトから帰ってきたのは、朝の六時だった。昨日は打ち合わせがあって出勤前に寝られなかったから、身体はとろけそうなほどに疲れていた。出発までに、一時間は眠れる。しかし、目だけはひどく冴え、また寝過ごすのも怖くて、なかなか寝つけそうになかった。

シャワーを浴びたのち、本を読むことにした。十四歳の少年が旅に出る話だ。中学時代からの愛読書である。もう数え切れないほど通読しているのに、布団にくるまりページをめくり始めると、すぐに夢中になった。

朝晩の冷え込みも、窓を閉めて厚手の布団を被れば、全裸でもやり過ごせた。服を着る潮時は、まだ見つかっていない。意地なのか惰性なのか、そもそもの動機はとっくに見失っている。

半分読んだところで読書を切り上げ、朝食に食パンを焼いた。六枚切りで百円のものを、常に冷凍庫に入れてある。実家は、購入した翌日には一袋を食べきる家だったので、上京するまでの十八年間、実緒は凍ったパンを見たことがなかった。今でも冷たく固いパンを持つと、一人暮らしの実感が湧いてくる。

迷った末、先日買ったシャツワンピースを今日も着ていくことにした。手持ちの服で、くたびれていないのはどう見てもこれだけだった。化粧をしない実緒は、支度に時間がかからない。財布や筆記具をカバンに入れ、予定どおりの時刻に部屋を出た。

春臣といづみが通う大学までは、寝不足の頭でも迷わず行けた。大学は、春臣のマンションから徒歩圏内にある。数日おきに小説を投函《とうかん》しているため、大学までの道のりにも馴染みがあった。ただ、普段マンションに行くのは、アルバイトが終わったあとの明け方だ。太陽が昇りきってからの街は、まったく見知らぬ場所にも思えた。

いづみとは正門前で待ち合わせていた。大学はまだ夏休み中だと聞いていたが、想像を遥かに上回る人数が門を通過していった。門柱の脇に立つ実緒を気にかける人は誰もいない。スマートフォンをいじったり、イヤホンで音楽を聴いたり、あるいは友だちと話し込んでいる学生ばかりだ。近くの喫煙所では、五人の男女が銀色の灰皿を囲んでいた。大学とは学校であり、学校とは煙草《タバコ》厳禁の場所——高校のトイレで吸い殻が見つかったとき、教師たちは大騒ぎだった——という認識が強かった実緒は、頭を殴られたような衝撃を覚えた。しばらく経ってから、大学生の半分は二十歳を超えているのだから、別に違法ではないことに思い至った。

こちらに向かってくる大学生の列に、いづみを見つけた。似たような背格好の集団の中、一際輝きを放っていたのが彼女だった。今日のいづみはつるつるした生地の白い半袖ブラウスに、カーキ色のショートパンツという格好だ。髪の毛は頭の頂上で団子状に丸められている。ハイカットのスニーカーを履き、リュックサックを背負っていた。実緒を認めると、頭の上で右手を振った。

「おはようございます。すみません、お待たせして」

またいづみの声が聞けたことに胸が熱くなる。黙って首を横に振った。

「突然誘ったのに、来てもらえて嬉しいです。仏教の授業なんですけど、昨日は結構面白かったですよ。あ、つまらなかったら途中で帰ってもらっても、もちろん大丈夫ですから」

「あの、か、彼氏は？」

「先に教室に行ってます。後ろのほうに席を取っておくって、さっき連絡がありました」

校内はアスファルトとタイルで舗装されていた。レンガで設《しつら》えられた花壇や、地面に濃い日陰を作る樹木、黒光りする真新しい校舎と、まるでオフィス街のミニチュアだ。いづみはその中を縫うように歩き、一度も立ち止まることなく、三号館と札の掛かった建物まで実緒を案内した。

教室は小規模なコンサートホールのようだった。すり鉢を縦半分に切った形に近く、後方にいくにつれて席が高くなっている。天井にも膨らみがあり、すでに着席している学生たちの声がよく響いた。えっと、と、いづみは呟き、教室を見渡した。

「いたいた。おーい、千《せん》ー。佐原さん、あっちです」

なんの躊躇もなくいづみは実緒の人差し指を摑み、そのまま教室後方へと歩き出した。

指が熱くて痛くて、引かれながら実緒は気が遠くなりそうだった。この先にいるはずの春臣に、注意を払う余裕もなかった。

「これが私の彼氏です」

「これってなんだよ、これって。初めまして、千田春臣です」

瞼の奥で光が弾けた。教室の景観が失せ、真っ白な空間に春臣だけが浮かんでいる。睫毛は思っていたとおりに長く、声は予想していたよりも太かった。しかし、想像と合致するところも食い違うところも、すべてが完璧に春臣で、甘い目眩が実緒を襲った。机の上の春臣の手が目に留まる。指の節は太く、爪は四角い。すがりつきたい、と実緒は思った。この手が、数多の書籍の中から自分の本を抜き出したのだ。

「さ、佐原実緒です」

つられて下の名前まで述べてしまう。しまったと慌てたが、数ヶ月前に一瞥《いちべつ》した本の著者名など、春臣は覚えていないようだ。

「すごい人と仲良くなったっていづみから聞いて、お会いできるのを楽しみにしていました」

「すごくなんか、ないです」

実緒の声は、二人まで届かないほどに小さかった。いづみが春臣の隣に着席したのを見て、実緒もいづみの横に座る。床に固定された椅子は隣との距離が近く、いづみの洗濯洗剤の匂いを感じた。柑橘系《かんきつけい》の、喉の奥が涼しくなるような香りだった。

いづみがリュックサックから筆記用具を出し、

「よかった、今日も千が寝坊したら、どうしようかと思った」

と、言った。

「佐原さんの前で、いつも寝坊してるみたいに言うなよ。昨日がたまたまなんだって」

「千が一限に出られる確率なんて、三回に一回くらいじゃない？　今日がたまたま起きられたんじゃないの？」

「三回に一回ってことはない。二回に一回は出てる」

「あのね、出席することを当たり前に考えたら、二回に一回だっておかしいんだからね。二回に一回の成功率の医者に、千は手術を任せられるの？」

「え、そういうスケールの話なの、これ」

実緒が二人の会話に聞き入っていると、視線に気づいたらしいいづみが振り返った。すまなそうに眉毛が下がっている。

「あ、私たち、うるさかったですよね」

「全然、そんなこと。あの、千って呼んでるんですね」

「え？」

「津埜さん、千田さんのこと。千って」

「ああ、友だちだったころの癖が抜けなくて。私たち、もとは文芸サークルの仲間で……っていっても、千は書かないで読む専門なんですけど。あの、実緒さん、私のこと、よかったら名前で呼んでください。敬語もやめてもらえると嬉しいです」

「俺も下の名前でいいんで」

いづみの後ろから春臣が顔を覗かせる。実緒は唾を飲んだ。

「そんなこと、いいのかな」

赤いチェックのペンケースを出した瞬間に教室中を駆け巡った不穏な空気が、怒濤《どとう》の勢いで脳裏によみがえった。身のほどをわきまえろよ。第二次性徴を遂げる前の級友の声が聞こえる。あのとき、冷酷な忠告を受けたことよりも、自分だけが身のほどというルールを知らなかったことに傷ついていた。そんな決まり、道徳の授業では習わなかった。なのに、皆は分かっていた。自分一人がなにも知らなかった。

いづみが声を上げて笑った。

「いいに決まってるじゃないですか」

「そうですよ、佐原さんのほうが年上なんですから」

春臣もおかしそうに目を細めている。実緒は怯《おび》えたように頷いた。

「えっと、じゃあ、私のことも適当に、あの、名前とか、敬語とか」

そのとき、講師が壇上に姿を現した。半袖のワイシャツにスーツ地のズボンを穿いた、恰幅《かっぷく》のいい初老の男性だった。胸にピンマイクがついており、おはようございます、と言った声は、拡大されて教室中に広がった。

テキスト代わりのプリントを一式、入口で受け取っていた。身体の正面にプリントを置き、その右にシャープペンシルと消しゴムを並べる。実緒は勉強が嫌いではなかった。一人でなにかに没頭することを学校が認めている、唯一の機会だと思っていた。また、怠けるという発想がなかったから、真面目にノートを取り、きっちりと課題をこなした。試験前には、ノートを貸して欲しいと頼まれることも多かった。断る選択肢もまた、実緒には思いつかなかった。

仏教の講義が始まった。講師曰く、仏陀《ぶつだ》の教えとは生への具体的な方法論を述べたものであり、神への信仰を説いたものではない。生きることは苦しい。なぜなら、思いどおりにならないことばかりだからだ。生まれる苦しみ、老いる苦しみ、病の苦しみ、死ぬ苦しみ。これら四つの苦悩に、愛別離苦《あいべつりく》、怨憎会苦《おんぞうえく》、求不得苦《ぐふとくく》、五蘊盛苦《ごうんじょうく》を合わせた四苦八苦は、人が生きていく上で決して避けることができないものである。これらの苦しみを少しでも減らすための実践法として、仏陀は八正道《はっしょうどう》というものを確立した。とにかく、望みどおりにならない人生に安寧を得るための宗教が仏教なんです。

プリントの求不得苦の文字の横に、求めているものが得られない苦悩、と書き込み、作家でいたいのにいられないという苦しみはこれにあたるのだろうかと考える。心、身体、言葉を正しく整えていくことが八正道です。講師に直接語りかけられた気がして、思わず頷いた。いづみの隣で眠ってしまったらどうしようとの不安はもうなかった。

いづみもまた、真剣な顔でシャープペンシルを握っていた。その向こうの春臣は、首を折って早くも眠っている。教室を見渡せば、机に伏せている後頭部はいくつもあった。だが、講師は話をやめない。淡々とした声音で喋り続ける。これも、高校までの学校生活には考えられないことだった。大学は自由だとは聞いたことがあるが、想像していたのとは違い、もっと倦怠《けんたい》に満ちていた。陽ではなく、陰の自由だった。

突然甘い匂いがして、実緒はいづみを見た。いづみの片頬がやや丸く膨らんでいる。目が合うと、いづみは小首を傾げ、飴《あめ》の包みを差し出した。授業中にいいのだろうか。実緒が小声で尋ねると、ばれなければ大丈夫、と返ってきた。いづみが口を開いた拍子に、桃の匂いが強く香った。実緒もいそいそと包みを開き、中身を口に放り込んだ。空になった小さな包み紙は、ワンピースの胸ポケットにしまった。どうしてもゴミに思えなかった。

授業は一コマ九十分で、各回の終わりに小テストが行われた。解答用紙を提出した人から、順次休み時間に入っていく。実緒はもちろん提出しない。それでもかりかりと答えを記入した。解答欄はすべて埋まり、ささやかな達成感を得た。

二時限目も一時限目と同じように、講師が一方的に喋る形式で授業は進んでいった。

途中、いづみは自分のプリントの余白に、退屈じゃない？　と書いて実緒に見せた。実緒は少し考えてから、楽しい、と、やはり筆記で返した。筆跡が堅いため、楽しい感情をまるで表現しきれていないことにあとから気づき、音符マークをつければよかった、と小さく悔やんだ。春臣は頰杖をついて眠っていた。窓から射す日が、春臣のうねった髪を茶色に透かした。

二時限目のあとが昼休みだった。いづみに答案を見せてもらうことで、テストを無事乗り切った春臣が、両腕を上げて大きく伸びをする。裾から腹の肌色がちらりと覗き、実緒の身体は熱くなった。春臣に跨がったときのことを思い出していた。身体の奥の熱を移すように、股間を押し当て動かした。透明な身体にも欲情や快楽は宿るのだった。

「あんな姿勢でよく長い時間寝られるね」

「うーん、だから首が痛い」

「痛いって言葉を聞いて、まったく心配しなかったのって初めてだよ。約束どおり、デザートおごってね。テスト、見せたんだから」

「分かってるって」

「実緒さんのぶんもだよ」

「え、なんで？　まあいいけど」

実緒は、いいですいいです、と首を振ったが、春臣は、

「学食のデザートなんて安いものばっかりだから、気にしないで」

と、言ってまた伸びをした。まるで消しゴムでも貸すような気安い調子で、実緒はそれ以上固辞する気力を削《そ》がれてしまう。二人に連れられ、学食へ向かった。実緒は春臣といづみの半歩後ろを歩いた。いづみだけでなく春臣もリュックサックを背負っており、二つのリュックサックが並んで揺れている。春臣の角張ったそれは、三月の終わりに書店で見かけたものと同じだった。

本当にあのときの人といるんだな、私。

想像と、誰とも共有できない現実のあいだには、違いも差もないのではないかとふと思う。書店で見た春臣が現実で、透明人間になって犯した春臣が想像のものとは、誰にも証明できない。実緒の中には同じような感覚で収まっている。もう本人にすら、分別不可能なのだ。


ショーケースに並んだ食品サンプルは粗雑な出来映えで、トマトソーススパゲッティは火のように赤く、ハンバーグはただの茶色い塊だった。それでも、たくさん並んでいると迫力があった。色が原色に近いことが、見る人にかえってにぎやかな印象を与えていた。

「ほかに、日替わりの定食があります。定食の内容は、あそこのホワイトボードに載っていますよ」

ショーケースとは反対側の壁をいづみは指差した。実緒はショーケースとホワイトボードを忙しく見比べる。そのあいだにも、学生が次々とやって来た。慌ただしい雰囲気に飲まれ、結局なにを食べるか決まらないまま先へ進んだ。奥には学校の調理室を思わせる広いキッチンがあり、定食、麺類、副菜、デザートと、さまざまな看板がカウンターの各所にぶら下がっていた。セルフサービスでトレイに好きな品を載せていき、最後にレジで精算するらしい。

「うちの大学には実はもう一ヶ所学食があって、私はそっちのほうが好きなんだけど、夏休み中はやってないんだよね」

副菜のコーナーで、いづみはひじきの煮物を手に取った。丁寧な言葉遣いとくだけた喋り方が交互に繰り出される。こちらの反応や距離感を推し量られているようで、少しくすぐったい。

「いっぱいだね」

「ん？　なにが？」

「お休み中なのに、いっぱい、あの、人」

「サークルとか部活がある子もいるから。これでも少ないほうだよ。普段はレジで五分は並ぶし、席もなかなか取れないの。三限の授業に遅刻しそうになったこともあるよ」

スパゲッティを取ってきますね、と言って、いづみは麺類コーナーへ去っていった。実緒も日替わり定食に心を決め、定食の看板の下に進む。一人茶碗《ちゃわん》に白飯をよそっていると、カレーを取りに行っていたはずの春臣が近づいてきた。

「実緒さん」

実緒は春臣に目を向けた。目頭の窪みから小鼻の陰影まで、改めて彼の顔立ちが迫ってくる。自分はこの人に物語を届けているのだと、急に実感が湧いた。ポストに入れた掌編は、すでに十数作に及んでいる。読まれていなくても別に構わなかった。未開封で捨てられたとしても、ポストから出す際に、彼の手は掌編に触れたはずだ。目は封筒を捉えたはずだ。それでよかった。

視線に気圧《けお》されてか、春臣は少し離れたところで立ち止まった。

「デザートのところで一品選んで、俺のトレイに載せてください」

「で、でも」

「お礼だと思ってもらえれば。いづみが大変な目に遭いそうだったところを助けてくれたって聞いたから、そのお礼」

結局一番安価なプリンを実緒は選んだ。遠慮しないでよ、と笑われたので、私プリン大好きなんです、と、選手宣誓のようにはきはきと言い返した。今この瞬間から大好物になったから、嘘ではない。

レジを抜けた先、イートスペースは体育館ほどに広く、長机と椅子が列を成していた。通常時はここが満席になるとは、実緒はにわかに信じられなかった。天井ではファンが緩やかに回っていた。周囲はガラス張りで、校内の緑がよく見える。植物園のような造りだ。広すぎて教室のようにはクーラーが効かないのか、蒸し暑いところも似ていた。

実緒といづみが並んで座り、いづみの正面に春臣が腰を下ろした。春臣はカレーライスとサラダとカツ、それにプリンとフルーツヨーグルトをトレイに載せていた。

「はい、プリンが実緒さんで、ヨーグルトがいづみ」

「やった、ありがとう」

「ど、どうもありがとう」

実緒は日替わり定食に箸を伸ばした。今日のメインは生姜焼《しょうがや》きで、それにご飯と漬けものと味噌汁《みそしる》がついていた。食事らしい食事を摂るのは、思い出せないほどに久しぶりだ。春に帰省して以来かもしれない。夢中で食べていると、

「あれ？　いづみと千田くんじゃん」

Tシャツに股下の長いジーンズを穿いた女と、丈の長い水玉柄のワンピースを着た女の二人組が、それぞれ両手でトレイを持って立っていた。

「二人も来てたんだ」

「うん、集中講義があって」

「え？　もしかして仏教のやつ？」

「そうそう」

「いたの？　うちらもだよー。えー、気づかなかった。昨日もいた？」

「いたよお。あ、千は一限目はいなかったけど」

「いや、いたから。終わりの二十分はいた」

それはいたって言わない、とTシャツがはしゃいだ声を上げ、ワンピースが、でも諦めて二限目からの出席にしなかったところはすごいよ、と笑った。四人の会話のなめらかさに、実緒は内心で圧倒されていた。複雑な製品を見事な流れで生産する、最新の工場を見学している気分だった。

ワンピースが実緒に短い視線を送った。

「友だち？」

実緒は聞こえなかったふりをして、生姜焼きを食べ続けた。急に味が分からなくなっていた。友だちっていうか、と、いづみは困ったように首を搔き、

「うちの学生ではないんだけど、昨日の講義が面白かったから、お誘いしたの」

「あ、そうなんだ。っていうか、あれ、面白いかあ？　私、眠くて辛いんだけど」

「えー、面白いけどなあ」

「いづみ、哲学っぽいの好きだよね。倫理学の授業も楽しかったって言ってたし」

「あのサル眼鏡の？　あいつ、滑舌悪すぎて、なに言ってるか全然分かんなかったじゃん」

「聞こうと思う気持ちがあれば聞こえるんです」

それいづみだけだよ、と二人は楽しそうに顔を見合わせ、そして手を振り去っていった。いづみが実緒に向き直る。

「語学の授業で一緒の友だちです」

そうなんだ、と返す声が安定しない。ワンピースからの視線をきちんと受け止めればよかった、ちゃんと挨拶すべきだった、と反省の念でいっぱいだった。しかし、もう遅い。自己嫌悪に駆られながらご飯をかき込んだとき、

「そういえば、実緒さんはライターだって、いづみから聞きました。本が好きで、それで文を書く仕事に就いたって」

と、春臣から話しかけられた。口の中がいっぱいだった実緒は、顎を引いて肯定の意を示した。

「どんな本を読むんですか？」

急いで嚥下してから、思いつく限りに好きな作家を挙げた。中学生のころからずっと好きな作家、高校生のときに夢中で読みふけった作家、最近お気に入りの作家。名前を口にするだけなのに、つい力が入った。

いづみが目を細めた。

「実緒さんの部屋、もしかして本で埋まってる感じ？」

「そ、そんなことはないよ。木造で二階だから、あんまり本を置くと大変なことになるって、親からも言われてて」

「でもすごそう。千より多いんじゃない？　ちょっと見てみたいかも」

「実緒さんは文章を書くプロなんだから、そりゃあ俺よりたくさん持ってるだろ」

それから春臣は実緒が好きな作家に対し、自分の意見を述べ始めた。その人の本、俺もよく読みます、その人、新刊がちょうど気になってて。実緒は嬉しくなり、春臣が特に声を張って、俺も好き、と言った相手と、実は一度会ったことがあるのだと告げた。

「え、本当？」

「実緒さん、すごーい。どこで会ったんですか？」

新人賞の授賞式だった。賞の選考委員の一人だったため、挨拶だけでなく、感想や激励の言葉を直接もらえた。彼の作品は、流暢《りゅうちょう》な会話文に特徴があるとされていて、実緒は本人にも話し上手なイメージを抱いていたが、実際はどちらかというと寡黙な人だった。だが、どんな短い発言も、彼の書く世界観に確かに通じていた。そのことに深く感動したのだった。

しかし、そうは言えない。

「ときどき仕事をもらってる出版社で小説関係のパーティがあって、そこに、あの、知り合いの編集者に誘ってもらって」

「すごいすごい」

「ほかにはどんな作家がいたんですか？　そういうパーティってどんな感じなの？」

式の様子を思い出しては、二人にとつとつと話した。並んでいた料理、出席していた作家たちの服装。緊張から当日はなにも食べられず、挨拶の際も誰とも目を合わせられなかったが、ロープを伝うようにゆっくりと過去に降りていくと、細やかなところまできちんと記憶に残っていた。シャンデリアのきらめき、繊細なグラスの感触、絨毯《じゅうたん》の柔らかさ、滅多に表に出てこないことで知られている作家のネクタイの柄、有名編集者の笑い声。

「次元が歪《ゆが》んでた、かな」

「次元？」

「それは、有名な人がいっぱいいたから？」

「なんだろう、人の頭の中って、自分一人分の物語しか入っていないのが普通だと思うんだけど……あ、あの、物語っていうのは、過去とか現在とか未来とか、そういうあれのことで、だけど、すごい小説を書かれる人の頭には、何十人、何百人分の物語や、もののの考え方が詰まっているんですよね。そう思ったら、実際に会場にいる人と会場にある人生の数が釣り合っていない気がして、すごく変な感じがした」

一息に言い、実緒は味噌汁を飲んだ。ワカメがぬるりと喉を滑る。喋りすぎた喉に塩味がしみた。春臣は、なるほど、と頷き、いづみは、すごい、と声を上げた。

「私もそういう人になりたーい。でも、どうしたらなれるんだろう。本をいっぱい読むとか？　それとも、やっぱりもともとの才能なのかな」

「いづみちゃんこそ、すごい」

言ってから、なんの抵抗もなくいづみを下の名前で呼べたことに実緒は驚いた。ＳＮＳで知って以降、心の中ではそう呼んでいたからかもしれない。

いづみはフォークを持つ手を宙で止めた。不思議そうな顔をしている。

「なにがすごいの？」

実緒は汁椀《しるわん》の縁を指でなぞった。周囲のざわめきは、精神をむしろ静かなほうに向かわせていた。実緒は時間をかけて言葉を探した。春臣といづみは食事に手をつけることなく、見守るように実緒の返答を待っていた。

「こういうふうになりたいって思うことができて、すごい」

憧れとは、他人を介した向上心の形だ。そして世の中には、向上心を持つことを許されていない人間もいる。上に向かいたいと思うことが、今いる場所を離れたいと願うことが、身のほどというルールに抵触してしまう人たち。尊敬の念こそあれど、実緒には誰かに憧れるという感情はほとんどなかった。

いづみはますます不可解そうな表情になった。

「えっと……じゃあ、実緒さんに、目標みたいなものはないの？　今の自分に百パーセント満足してるってこと？　誰にだって、自分の現状になにかしらの不満はあるよね？　それをどうにかしたい気持ちなんて、すごくもなんともないと思うけど」

実緒は視線をさまよわせた。目標と呼んでいいものなら、たぶんある。納得できる小説を書きたい。もう一度本を出したい。切実にそう思っている。しかし、いづみが口にしたような憧れとはまったく違った。少しもきらきらしていない。きれいじゃない。実緒の気持ちはアイスピックのように鋭く尖り、常に首元を狙っている。書かなければ、本を出さなければ、と、もっとひたすらに差し迫っている。

どう言えばいいのかまるで分からず、実緒はますます忙しなく眼球を動かした。一瞬、春臣と視線が交錯する。春臣は皿の端に集めたカレーをきれいにすくい、

「目標の内容がすごいんじゃなくて、目標を持てることがすごいって、実緒さんは言ってるんだと思うよ」

と、穏やかな声で言った。

「どういうこと？」

「いづみみたいに、前向きに生きられる人ばかりじゃないってこと」

「私だって落ち込むことはあるよ」

「それはもちろん知ってるよ。でもいづみは、自分の道は自分で選べるものだと思ってる。そして、その道に進むためにはどうしたらいいのか、ごく自然に考えられる。思考や感受性の基礎に、生きることや未来への希望があるんだよ」

眩しいものを見るように目は細められ、口角はやや上がり、いづみに注がれる春臣の視線は慈《いつく》しみにあふれていた。しかし、それを受け取る側のいづみは、顔をしかめて俯いている。ひじきの煮物を箸でつまんでは放し、そしてまたつまんだ。白く細い指できれいに箸を持っているからか、食べものを弄《もてあそ》んでいるようには見えない。

「千の言ってることは、分かると思う。でもなんでだろう、責められてる気がするよ」

「全然責めてない。希望を持てるっていうのは、それこそ才能だと思う」

「そうかな」

「そうだよ。俺はいづみが羨ましい」

「本当に?」

「うん」

いづみが顔を上げた。まず春臣を見て、それから実緒に目を向ける。実緒は顎を限界まで引き、拳をテーブルに打ちつけた。いづみを力づけたかった。すると、手が生姜焼きの器に当たり、皿の一部が浮き上がった。茶色い汁が跳ね、実緒の服に着地する。

「だ、大丈夫？」

真っ先に気づいたのはいづみで、拭くもの拭くもの、と呟きながら、リュックサックを漁《あさ》りだした。その様子を見て、実緒もようやく事態を把握する。胸元に、十円玉ほどの茶色い染みができていた。ハンカチを出そうとカバンに手を伸ばしたが、いづみからティッシュを差し出されるほうが早かった。

「これ使って」

「ありがとう」

素直に受け取り、汚れを叩く。完璧には落ちなかったが、生地がチェックなので、目立ちはしない。洗濯すればさらに薄くなるだろう。実緒はそうそうに諦めたが、いづみは心配そうに、

「水でティッシュを濡らしたほうがいいんじゃない？」

「そ、そこまでしなくても」

「でも、せっかくの可愛い服が……。あー、染み抜きセットとか、持ち歩いてればよかった」

頬が熱くなった。いづみの服に比べればたいしたことはない。そう言いたかったが、声にならなかった。首を横に振って、染みのことはとにかく気にしないで欲しいと気持ちを表した。

「あれ？　で、なんの話だったっけ？」

　いづみが眉間を押さえて小さく唸る。春臣は苦笑し、

「希望の話」

「そうだそうだ、希望を持てるのは才能って話ね」

「機嫌、直った？」

「別に怒ってたわけじゃないけど」

　間もなく三時限目が始まろうとしていた。三人は急いで昼食をたいらげ、教室に戻った。すでに大半の学生が座っていて、前のほうの席しか空いていなかった。講師の顔がはっきり分かる距離に、自分が学生でないことを見抜かれるのではないかと不安になったが、いづみから大丈夫だと笑われ、実緒は安堵した。

　三時限目の講義も興味深いものだった。実緒はプリントの余白にたくさん書き込みをした。目の前の人間からなにかを教わるのは刺激的だった。本で読むのとは違う、知識そのものの躍動を覚える。二千五百年前に確立された思想も、生の声で解説を聞けば、現在までの流れを感じられた。

　いづみもやはり熱心に受講していた。正午を越え、さすがに目が覚めたのか、この回は春臣も起きていた。気怠げな表情ながら、シャープペンシルでなにか書きつけている。さりげなく首を伸ばすと、柳の枝のようなしなやかな文字で講師の言葉が綴られている

のが見えた。ずっと前からこの筆跡を知っていたように思えて、どきりとする。だが、きっと、違う肉筆だったとしても、自分は納得しただろう。筆圧が強くても弱くても、字の形が整っていても崩れていても、これこそが春臣の字だと思ったような気がした。

今日の講義は三限で終わりだった。最初に教室を出た実緒は、廊下で一人、春臣たちを待った。目の前を、ぽつぽつと学生が通り過ぎていく。学食で会ったTシャツとワンピースの二人組を見かけたら、今度こそ挨拶をしようと意気込んでいたが、そうなるより先に春臣といづみが並んで出てきた。

「実緒さーん、今日は一日、ありがとうございました」

「ううん」

「実緒さんと一緒に受けてみたいなって、昨日の講義中にふと思って。だから来てもらえて本当に嬉しかったです」

リュックサックを背負いながらいづみが言った。実緒は首を振った。感謝の言葉は喉に引っかかって、上手く出てこなかった。

「本当はこのあと皆でどこかに出かけられたらよかったんですけど、私、これからバイトで」

自分は大丈夫だと伝えたくて、今度は首を縦に振った。するといづみは、

「千は？」

と、春臣に尋ねた。

「もちろん空いてるよ。実緒さん、どこか行きたいところとか、見たいものとかある？　俺でよければ付き合うけど」

実緒はぽかんとして春臣を見上げた。なにを言われたのか分からなかった。実緒の表情をどう捉えたのか、春臣は、

「俺、バイトしてなくて暇だから」

と言って、微笑を浮かべた。

「いいですいいですいいですいいです」

実緒は身体をのけぞらせて激しく手を振った。実緒の大声に、周囲の学生たちがなにごとかと振り返る。しかし、実緒はそのことに気づかない。混乱が視野を狭めていた。

いづみが首を傾げた。

「そのいいですは、どっちのいいです？」

「いらないですのいいですです。あ、いらないっていうか、あの、私もこれから予定があって、だから無理」

どう考えても、春臣と二人っきりで出かけていい道理はなかった。そんなことが起こっていいはずがない。なにせ、自分は春臣を犯したのだ。あのときの脳裏が白くなるような欲情の感覚は、まだ身体に残っている。

じゃあ、と、あっさり春臣は引き下がり、いづみも、

「近いうちに連絡しますね。また三人で会いましょう」

と、明るい顔で頷いた。

朝に待ち合わせた門の前で、二人と別れた。駅までの道、実緒は何度も大学のほうを振り返った。背の高い校舎は、意識すればかなり遠くからでも目視できた。油断すると、砂で作った城のように、わずか数秒で消えてしまう気がした。二歩進んでは振り向き、五歩進んでは見返った。

信号待ちのあいだ、ふと思い出して、ワンピースの胸ポケットに手を入れた。ビニールの潰れる音がした。指でつまみ出すと、飴の包装紙が陽光を受けてきらりと光った。今日という日があったことの証拠だと思った。


書いた文章を保存する瞬間が好きだ。どれほどいいと思える文章も、保存するまでは、モニター上のかりそめにすぎない。パソコンが機嫌を損ねれば呆気《あっけ》なく消滅する、儚《はかな》いものだ。保存して初めて書いた実感を得られる点が、デジタルツールと手書きの一番の違いだと実緒は考えていた。

印刷ボタンをクリックし、椅子から立った。印刷しているあいだに、コーヒーのお代わりを淹れるつもりだった。マグカップにインスタントコーヒーの粉を投入する。ヤカ

ンを火にかけようとガスコンロのつまみを摑んだ拍子に、肩からバスタオルがずり落ちた。今晩は少し冷えるため、裸の上からバスタオルを羽織っていた。慌てて引き上げ、肩に掛け直した。

マグカップを手に洋間に戻る。プリンターは唸りながら、ちょうど三枚の用紙を吐き出し終えたところだった。パソコンデスクに広げ、内容を赤ペンでチェックする。モニターで読むのと紙で読むのでは、気づくことに違いがあった。完成させた小説は、必ず紙の上でも推敲するようにしていた。

蜂蜜味の飴のような巨大な琥珀《こはく》には、あるものには動物が、またあるものには人が閉じ込められている。その世界ではそれらが本の代わりで、琥珀を専用の機械でスキャンし、中身にまつわる知識を得る仕組みになっていた。主人公の少年は、琥珀を管理する神聖な組織の一員だ。しかしある日、手を滑らせて琥珀の一つを割ってしまう。

琥珀は木の樹脂が長い年月をかけて固まったものだ。中に昆虫や植物が入っていることも珍しくないという。写真も見た。脚も欠けず、羽も綻《ほころ》びず、ほとんど完璧な形のまま、向かい合って濁りのないオレンジ色に沈む二匹の蜂がいた。知識に触れるとは、年月に閉じ込められた他人の生を撫でること。昨日、講義のあいだに感じたことをもとにしていた。

推敲を終えてから、実緒は一つのテキストファイルにカーソルを重ねた。六年前の発売日以降、インターネット上で読んだ自著に関する感想は、すべてこのファイルにまとめてある。ネット書店のレビューから短い呟きまで、昆虫採集のように、こつこつとコピーアンドペーストしては集めていた。

普段は、滅多に読み返さない。つい過去と今を比べてしまい、気持ちがすさむからだ。読まれていたころ、反応があったころの自分にどうしても嫉妬する。だが、今日は平気な気がした。ダブルクリックでファイルを開いた。

文章も物語も極めて幼稚。自己陶酔感が鼻につく。すべてが気持ち悪い。ファイル内には当然、否定的な感想もある。しかし、デビュー直後のような動揺はもう湧かない。好意的なものも否定的なものも、実緒にとってはもはや同じだ。どちらも人に読まれた印である。

人間は一人では生きられないというが、それは生命維持の話ではなく、そもそも他人に認知されなければ、生きること自体が始まらない。実緒はそう考える。一人ぼっちの世界なんて無も同じで、だから春臣やいづみと会うたび、自分の輪郭が確かになっていく感じがするのだろう。

子どものころから、雨が好きだった。

放課後も土日も夏休みも、ずっと家で本を読んでいる実緒に、父や母はときどき落ち着かない表情を浮かべた。花火大会が近づけば、友だちと行かないのか、と問い、年末が来れば、クラスの子に年賀状を送ったら、と言った。成人式の前には、本当に出席しないのか、と何度も尋ねた。なにげなさを装ってはいたが、心配しているのは明らかで、そのたび実緒は、友だちがいないのは普通ではないことを思い知らされた。

だが、雨の日は子どもが家にいることを自然にしてくれる。家のすぐ裏手にある公園もしんと静かで、水の滴《したた》る音しか聞こえてこない。父や母も終始穏やかな顔つきでいる。実緒がリビングで本を開いていれば、今はなにを読んでいるのか、おもしろいのかと、慈愛のこもった声で尋ねた。実緒自身、遊ぶ相手がいないために読書しているのではなく、悪天候が理由で、友だちと遊ぶ約束がなくなったような錯覚を抱けた。雨はいつも自分に優しかった。

フローリングに臀部をつけて座り、カーテンの隙間から空を見上げていた。灰色の厚ぼったい雲から、銀色の細やかな線が落ちてくる。雨粒の砕ける音は、子どものころの安堵感を呼び起こした。自分はここにいてもいいのだと、全身の筋肉が弛緩《しかん》していく。外は薄暗かったが、照明を点けていない室内よりはいくらか明るくて、どこか清らかな雰囲気が漂っていた。

体勢を変えるために尻を上げると、シールを剝がすような感触がした。湿気と汗で床に張りついていたらしい。気持ちに落ち着きをもたらす雨も、全裸生活にはいまいち不向きだ。雨が降り込むため、窓は開けられない。しかし、窓を締め切ると湿気で蒸す。除湿を狙ってエアコンを点ければ寒すぎ、また、シーツなどの洗濯物が乾かないのにも閉口した。

窓を開けたり閉めたり、エアコンを点けたり消したり、バスタオルを羽織ったり剝いだりを繰り返した結果、蒸し暑さに耐えることにした。窓は締め切って、全裸で過ごす。水の中にいると思えば、それほど不快ではなかった。

雨に飽きると、パソコンで動画投稿サイトを開いた。珊瑚礁《さんごしょう》、と検索欄に打ち込む。キーボードに指紋が剝がされそうなほど、指先までべたついていた。検索結果には、どこかの島のPR映像から、誰かがダイビング中に撮影したものまで、鮮やかな青色のサムネイルがずらりと並んだ。上から一つずつ、内容を確かめていった。

真っ青な海の底には、白に近い、まるで発光しているかのような砂の地が広がっている。そこから生える珊瑚は色とりどりで、形も太いものに細いもの、長いものから短いものと、海底をにぎやかに彩っていた。水流に煽《あお》られて揺らめくものもあれば、大樹のような貫禄《かんろく》で、どっしりと枝を広げているものもある。その中を、魚たちがひれを振って通り抜けて行った。子どもが衝動に任せて描いたような色の鱗《うろこ》が、水面から注がれる光を受けてちらちらと輝く。時間がゆったりと流れていた。

室内が暗いからだろう、ディスプレイの明かりが、実緒の剝き出しの腹までも青白く照らしていた。血色の悪い肌をじっと見つめる。手や足や、化粧をしないなりに顔を見る機会はあっても、季節を問わずに服で隠されている場所を凝視することはあまりない。胸や腹、股間や太腿は、恋人など、自分を好きな他人のための部位だと思っていた。内臓は生きるために必要だが、この乳房が明日世界から消えたところで、悲しむ人は誰もいない。

しかし、全裸で暮らし始めてから、身体の細かいところまでを眺めるようになった。思わぬ箇所が急に目に留まる。決して均一な肌色ではない皮膚、透明な産毛、ちりめんのような皺、いつの間にかついていた小さな傷。数日前には久しぶりに臍を見た。そういえばこんな形だったと、妙にしみじみした。

今日はアルバイトが休みだったため、動画を見て読書をして、頼まれていた雑誌の原稿を少しだけ進めた。自堕落が許されるのも、雨の日の特権だ。ふと、雨に濡れると正直になる少女のイメージが頭に浮かんだ。幾重にも演技という皮を被り、嫌いな科目とも苦手な女子とも上手く付き合っている女子高生。彼女は雨粒を一つ浴びるごとに、押し殺していた欲望を解放していく。数学の教科書を破いては窓からばらまき、目立ちたがり屋の友だちに、おまえにそれほどの魅力はないよ、と唾にまみれた暴言を吐くのだ。

いづみから電話がかかってきたのは、そんな物語に着手した直後のことだった。実緒は電話が苦手だ。そこには会話しかない。表情というヒントのない状態で、相手の思考を読み取る高度な技術が求められる。ほんの一瞬、着信を無視する選択肢も頭をよぎった。少し時間を置いてから、なんだった？　とメッセージを送ろうか。しかし、今まさにいづみはスマートフォンを耳に当て、自分の応答を待っている。そう思うと堪らなかった。

「もしっ、もしもしっ」

「あ、実緒さん？　いづみです。今、電話大丈夫ですか？」

「いくらでも」

いづみの笑い声が耳元で弾けた。なにがおかしいのかは分からなかったが、つられて楽しくなり、口角に入っていた力が緩んだ。いづみの声を聞き漏らさないよう、スマートフォンを強く耳に押し当てる。

「今、千と一緒にいるんですけど」

実緒のアパートの最寄り駅に、二人で遊びに来ているのだといづみは言った。

「そういえば実緒さん、このあたりに住んでるって言ってたなあって思い出して。もしよかったら、今から三人で遊びませんか？　雨は降ってますけど」

「気が向かなかったら、ちゃんと断ってくださいねー。いづみの押しに負けちゃだめですよー」

突然春臣の声が割り込んできて、実緒はスマートフォンを落としそうになった。耳のすぐ近くで響く声は、囁かれているのと同じだった。耳たぶに火が点《とも》る。熱い。

「もしよかったらって、私、ちゃんと言ったよ」

「いづみの言い方には、もしよかったら感が薄いんだよ」

「そんなことない」

「ある」

「ないって」

「あの……うち、来ますか？」

以前学食でいづみが部屋を見たいと言っていたことが頭をよぎり、気がつくと、そう口走っていた。

「いいの？　千、実緒さんがうちに来ないかって」

「聞こえてるよ。これだけ耳寄せてるんだから」

「いいの？　本当に大丈夫？」

「今から部屋を片づけて……終わったら駅まで迎えに行くから」

電話を切ったあとにまず実緒がしたのは、部屋全体を見回すことだった。掃除は定期的にしているから、埃が蓄積されているような不潔さはない。だが、ベッドの上では布団が丸まり、パソコンデスクは資料であふれ、台所の流しには昼食時に使った器が残っていた。そして、洋間の中央には、室内用の物干し竿。

大急ぎで布団を畳み、資料は一ヶ所に重ねた。筆記具は筆立てに戻し、用済みになったメモは全部捨てる。ノートパソコンの脇の小さな包みが目に入った瞬間、実緒は思わず声を上げた。それは大学で講義を受けた日、いづみからもらった飴の包装紙だった。捨てられなくて飾っていたが、このことを当人に知られるのはさすがに恥ずかしい。慌ててベッドの下の小箱に入れた。

食器は洗い、生乾きの服やシーツは洗濯機に戻して、エアコンのスイッチをオンにした。大変だったのは本棚の整理で、実緒は五つのカラーボックスを、一応の書架ということにしている。本の天と棚板の隙間にまで横向きに本が入り、カラーボックスはどれもぎゅうぎゅうだ。それでも収まりきらなかったものは、カラーボックスの上や脇に積まれていた。

この大量の本の中に、小説の書き方指南本が何冊か紛れているはずだ。書けなかった時期に購入したものだった。万が一にもタイトルを見られたら、小説を書いていることが露見する。結局、一冊一冊すべての本の表紙を確認して、計四冊を取り除いた。ついでに茄子紺色の本もベッドの下に移動させた。

服を着てアパートを出ると、足早に駅まで向かった。初めてだ、と思った。初めて人が家に来る。跳ねた飛沫《しぶき》が、スニーカーをますます黒く汚した。ときどき傘の端が電信柱にぶつかり、身体がよろめいた。それでも高揚感は治まらなかった。

駅の近くまで来たとき、デパートのショーウィンドウに映る自分の姿にはっとした。今日もまた、例のシャツワンピースとジーンズを着ていた。先日の生姜焼きの染みは、わざわざ探さなければ分からないほど薄くなっている。それでも急に羞恥心が湧き上がり、実緒はデパートに飛び込んだ。可愛い服、と、いづみから言われたことを思い出していた。どの店に行けばいいのか分からないままエスカレーターに乗り、比較的若い女の姿が多かった階で下りた。

マネキンが花柄のワンピースを着ている店で立ち止まった。一人しかいない店員は、ちょうど別の客と話している。近くにあったTシャツをすばやく摑み、値札を確認する。予想の倍の金額だ。慌てて離れた。

ファストファッションの類いを除いて、実緒は一人で服を買ったことがない。とにかく店員が怖かった。彼女たちは皆、華やかな学校生活を過ごしたように思えて、そんな人たちが扱う商品を、自分みたいな人間が触れることに違和感があった。だが、今はそうも言っていられない。

店員の隙を見計らっては手近な商品をあらため、想像より値段が高ければ、違う店に移動する。これを五回繰り返して、ようやく少し頑張れば購入できそうな価格帯の店を見つけた。恐る恐る奥へ進み、水色のワンピースに手を伸ばす。襟ぐりと裾には白いレースが縫われ、袖が丸く膨らんでいた。上と下をどう組み合わせたらいいのか分からないから、実緒の狙いは始めからワンピースだった。

ポールからハンガーを外した瞬間、

「それ、可愛いですよね」

と、声をかけられた。いつの間にか、金髪で小柄な店員が背後に立っていた。

「よかったらご試着もできますので――」

「これください」

「え？　お客さま、ご試着は大丈夫ですか？」

「これください」

会計を済ませて店を出ると、実緒は女子トイレの個室で水色のワンピースに着替えた。値札が背中に当たってちくちくしたが、ハサミを持っておらず、対処のしようがなかった。脱いだシャツワンピースは、小さく丸めてカバンに入れた。押し込めば、ファスナーは端まで閉まった。

五分前にいづみから、東口の像の前にいるとメッセージが入っていた。思っていた以上に時間が経っている。幸い雨が上がっていたため、全速力で駅まで向かった。途中、トイレに傘を忘れたことに気づいたが、引き返そうとは微塵《みじん》も思わなかった。

二人は像の台座にもたれ、一つのスマートフォンを覗き込み、なにやら笑顔で話をしていた。

「い、いい、いづみ、ちゃん、は、春臣くん」

「あ、実緒さん」

「どうも、こんにちは」

二人の顔にぱっと花が咲いて、まるでそこだけ雲が晴れたようだ。今日のいづみは濃紺のゆったりしたジーンズに、赤いTシャツを着て、登山用のようなリュックサックを背負っていた。長い髪は下ろされていたが、少年のような格好である。春臣は真っ青な細身の七分丈のズボンに、白いポロシャツ姿だった。

「ご、ごめんね、お待たせしました」

「だ、大丈夫？　まさか走ってきたの？」

「あ、あの、掃除に意外と手間取っちゃって」

「そんなの気にしなくてよかったのに」

「ううん。あの、狭くて、古いアパートだけど」

実緒が歩き出すと、二人は黙ってあとをついてきた。駅に向かう人の流れに逆らい、進んでいく。徐々に人気は減り、アパートからほど近いコンビニエンスストアの前を通りかかったところで、いづみが急に立ち止まった。

「どうした？」

「実緒さんって、お酒飲める？」

「飲めないってことはないけど……」

「じゃあコンビニで、なんか買って行かない？　お酒とか、おつまみとか」

招いておきながら、そういえば部屋にはなにもないことに気がついた。自分の迂闊《うかつ》さが情けない。実緒が頷くと、いづみは跳ねるように店に入り、緑色のカゴを手に取った。

「実緒さんは普段、なに飲むの？　ビール？　チューハイ？」

「えっと、チューハイかな」

「俺、ビール」

「知ってるから。自分で取ってきて」

ほーい、と間延びした返事と共に、春臣は離れていった。いづみは新商品のチョコ菓子をすばやくカゴに入れ、ポテトチップスを二種類指差し、どちらがいいかと実緒に尋ねた。このコンビニエンスストアは、実緒もときどき利用している。一人で来ると、蛍光灯の白々とした明かりが目に痛く、陳列された商品はすべて嘘を吐いているように感じられた。それが、いづみが横にいるだけで、心躍る空間に一変する。

さまざま買って、店を出た。ごく短い時間だったのに、遊園地からの帰り道のような甘やかな気持ちがあった。

「袋、俺が持つよ」

「ん、ありがと。実緒さんの家、もう近いの？」

「あと五分くらいだと思う」

　いづみはじっと実緒を見つめた。なにか変なことを言っただろうか。実緒の胸に、不安が立ち込める。とりあえず謝ろうと口を開きかけたとき、いづみの唇から白い歯が覗いた。

「その服、可愛いね」

　へ、と言う声は、見事に裏返った。

「実緒さんって華奢だから、水色がすごく似合う。レースも」

「あ、ありがとう」

　言葉だけでなく、思わず頭も下げていた。その拍子にだぼついたジーンズと汚れたスニーカーが視界に入り、自分の詰めの甘さを強く悔やんだ。いづみの口にする可愛いを、少しでも真実にしたかった。今度はズボンと靴を買おうと決めた。


　出る直前に点けておいたエアコンが功を奏し、室内はほどよく冷えていた。一歩足を踏み入れた途端、皮膚の表面から汗が引いていくのが分かった。実緒が招き入れると、二人はあくまで遠慮の姿勢は崩さず、物珍しそうに実緒の部屋を見渡した。

「すごい。本当に本ばっかり。本しかない」

「俺より絶対多いよ。っていうか、すごくさっぱりした部屋だな」

春臣の呟きに、白と明るい茶色で統べられた部屋の様子が、ぱっと脳裏に浮かぶ。凝った形の家具に、近未来的デザインの家電、そして、部屋の中央に置かれた重厚感のあるソファ。あれらに比べれば、と実緒は反射的に思ったが、よく考えれば春臣の部屋に入ったことは一度もなく、頭に現れた光景は、妄想の産物でしかない。

「すごいね、テレビもないんだ。絵も、写真も、ぬいぐるみも、雑貨もない。私の部屋とは全然違う」

「それは、あの、あんまりお金がないから」

「でも、本は買うんだ」

台所で食器を用意していた実緒は、春臣の声に振り返った。

「ほとんど実家に置いてきちゃって、今そこにある本の半分は、仕事の資料とかそんな感じだよ。本って捨てられなくて、それでどんどん増えてる」

いづみが本棚に近寄り、腰をかがめた。

「ちょっと見てもいい？」

「いづみ。本棚って、あんまり他人が見ていいものじゃないから」

「だからお願いしてるんじゃない。もちろん実緒さんが嫌だったらやめる。見ないよ」

「だ、大丈夫だよ」

見られたくない本は、すべて隠してある。密かに胸を撫で下ろしながら、よかったら春臣くんも、と言い添えた。じゃあお言葉に甘えて、と、いづみの後ろから春臣も本棚を覗き込む。二人のやりとりは、台所にいてもはっきりと聞こえた。

「これ、高校のときに読んだよ」

「へえ、いづみがこういう本を読むなんて珍しい」

「実はそのとき付き合ってた彼氏に強引に渡されてさあ」

「ああ、それってあの、前に話してた、すぐ泣くっていう？」

「そうそう。千、よく覚えてるね。ベストセラーは読まないっていう謎のこだわりがあって、面倒臭い人だったな」

「じゃあなんで付き合ったんだよ。あ、これ、このあいだ先輩から勧められた」

「ふーん。この漢字、なんて読むんだっけ？　イルカ？」

「シャチだよ」

　いづみの間違いを春臣がからかえば、春臣が表紙のヒョウをチーターと言ったといづみは笑う。どんなことも話の種になるらしいと、背中で二人の声を聞きながら、実緒はなかば感動していた。必然性のない言葉が次々と消費され、予想もつかない方向に話題は伸びていく。会話の生々しさを肌で感じていた。

　流しの上の戸棚には、二つしかグラスがなかった。客人が来ないのだから、当然だ。自分のぶんは、マグカップを使うことにした。食器を並べ、コンビニエンスストアの袋から菓子類などの食べものを出すと、小さなローテーブルはたちまちものであふれた。色味のない部屋の中で、テーブルの上だけが華やいでいた。

「あの、準備、できました」

実緒が声をかけると、二人は同時に立ち上がった。

「あ、俺、なにも手伝わなかったね。ごめん」

「つい本棚に見入っちゃって。実緒さんって、漫画も全然読まないんだ」

「漫画は文字の量が少なくて、すぐに読み終わっちゃうから。活字の本を買うほうがお得な気がする」

「なにそれ。そんな意見、初めて聞いた」

テーブルに着座しながら、いづみは笑った。お得って、グラム単価でお肉でも買うみたいなこと、と言い、その自分の言葉がまたおかしかったらしく、荒い息を吐きながら目頭に指を当てる。

「俺はちょっと分かるけどな。読みたい本が二冊あって、どちらも同じような値段で、でも一冊しか買えないってときは、だいたい文字数の多いほうを選ぶよ」

「そういうものなの？　本なんて、お金を払って読みたいか、読みたくないかの二択じゃない？」

「まあ、いづみはそうかもね。とりあえず始めようよ。はい、乾杯」

　春臣の掛け声を合図に、二つのグラスと一つのマグカップがぶつかり、音を立てた。親以外と酒を飲むのも、実緒には初めての経験だ。月よりも遠くにあると思っていた出来事が、今、目の前で起こっている。いづみに勧められて選んだチューハイは桃味で、甘かった。アルコールに不慣れな実緒の舌に、優しく広がっていった。

「美味しい」

「よかったあ。このチーズもすごく美味しいんだよ。食べてみて」

　数種類のチーズがサイコロ状になって入っている容器を、いづみは差し出した。中に楊枝《ようじ》やピックは入っていない。実緒には、隣の席の男子に教科書を見せてあげようとして、汚いからいい、と断られた記憶がある。自分はチーズの容器に直接指を突っ込んではいけない。そんな思いから、箸が要るね、と腰を浮かしたとき、いづみから、手で食べちゃえばいいよ、と軽い口調で制された。どきどきしながら、一番白いチーズをつまんで食べた。

「実緒さんは今日、なにしてたの？」

　本を読んで原稿を書いていたと実緒は答えた。まさか全裸で雨を見ていたとは言えない。今はどんな記事を書いているのか、いづみが知りたがったため、パソコンデスクの上から陶器や磁器に関する資料を摑んで渡した。この数日は、女性誌の食器特集に使われる予定だった。日本各地の焼きものについてまとめている。

へええ、と頷きながら資料をめくり始めたいづみの横顔に、

「あの、二人は今日、なにをしていたの？」

と、実緒は尋ねた。

「私と千？」

「俺ら？」

「映画とか、観《み》てたの？」

恋人たちが会って一体なにをするのか、興味があった。小説や雑誌で読んだ範囲の知識はあったが、どれも春臣といづみには上手く当てはまらない気がした。物語の登場人物や、見ず知らずの人間ではなく、二人の実際を知りたかった。

春臣といづみは顔を見合わせた。

「うーん、別にぶらぶらしてただけだよね。なんかやったっけ？」

「いや、今日はなにか約束があったわけじゃないから」

「あの、ぶらぶらって、どういうことをするの？　本当に、ただずっと歩いているの？」

そんなの考えたことなかった、と、いづみは楽しそうに言って、棒状のチョコ菓子を一本、指で引き抜いた。それを指揮棒のようにゆらゆらと揺らし、

「目についたお店に入って、服や雑貨を見て、疲れたらカフェでお茶して。まあ、こん

な感じかな。あとは単純に散歩をすることもあるよ、公園とか。ね？」

「ああ。今日は雨だったから、ずっと屋内をうろうろしてたけど」

「そうなんだ」

映画を観るでもなく、動物園や水族館に行くでもなく、無目的の時間をただ共有する。そんなことが可能なのかと、実緒は驚嘆した。それでこそ完璧な恋人たちの過ごし方だ。

マグカップのチューハイをぐびぐびと飲む。身体が一気に熱を帯びた。

「あ、あと、本屋に行くことも多いよね」

「俺といづみ、本の好みが微妙に違うから、店内で一時解散するんですよ」

「そうそう、本屋では基本的に自由行動なの」

いづみが春臣に新しいビールの缶を差し出す。よく見ると、春臣のグラスは泡の名残を残して空いていた。ぷしゅ、とプルタブの引かれる音がする。喋りながらも春臣のグラスが空だと気づいたいづみに、実緒は胸を衝《っ》かれた。自分はといえば二人の話を聞くのに精いっぱいで、テーブルの上のことなどなにも見えていなかった。

「そういえば、あの本、俺も持ってるよ。いいよね」

春臣が本棚を指差した。続いて口から飛び出したタイトルは、十四歳の少年が旅をする、実緒の中学生のころからの愛読書で、実緒は思わず身を乗り出した。

「ほ、本当？」

「うん。俺、あれは実家に置いて来られなかったんだよね。上京するときも、引っ越し業者に頼む段ボールじゃなくて、自分のカバンに入れて持ってきたくらい好き」

「うん、それくらい素晴らしい小説だよね。私、現実と非現実がグラデーションで繋がってる感じがすごく好きで。ファンタジーなのにリアルで、リアルなのにファンタジーで、どっちか片方に偏ってないじゃない？　この本のよさは、同時に両方の側面から読めるところだと思うの。登場人物の言動にも裏表があって、完全な善人も悪人もいないところも好き。グラデーションを書くのって、本当に難しいことだと思う。極端なことは設定としてあらかじめ取り決められるけど、小刻みな段階っていうのは、ひたすら丁寧に向き合うことでしか得られないから。逃げない作者の姿勢が、複雑でありながら綻びのない世界を作り上げてるんだよね。だからきっと、何回読んでも飽きないんだよ」

熱に任せて実緒は喋った。酔っているのか、それとも春臣との共通点を知って単に興奮しているのか、自分でもよく分からなかった。言葉が喉まで駆け上がるのを止められない。春臣の好きな本を自分も好きだと力説することで、春臣を好きだと告げているつもりなのかもしれなかった。

だが、反応したのは、春臣ではなくいづみだった。

「すごい。実緒さん、まるで文芸評論家みたい。ねえねえ、実緒さんは小説は書かないの？」

「え？」

潮が引くように、身体にまとわりついていた熱が消えていく。茄子紺の本、プリントアウトした掌編たち、書けないときの苦しみや、調子よく書けているあいだの無敵感。さまざまなことが一気に押し寄せてきて、実緒は呆然《ぼうぜん》とした。唯一動かせたのは瞼だけで、小刻みな瞬きを執拗《しつよう》に繰り返した。

「実緒さんなら、絶対に面白い話が書けると思う、私なんかよりずっと。だって、ものの感じ方とか、見方とか、本当にすごいし。うん、そうだよ。書いてみなよ。もし完成したら、私、読みたい。読ませて欲しい」

答え方によっては、嘘を吐くことになる。それも、手がけた記事の大きさを偽る程度ではない。もっと、関係性の根幹に関わってくる嘘だ。実緒は必死に頭を巡らせたが、いづみを欺く決心はつけられず、かといって、本当のことを告げる決意も持てなかった。

春臣はしばらく目を細めてグラスを見つめていたが、やがてチーズを一つ、口に入れた。咀嚼《そしゃく》、嚥下したのち、

「記事を書くのと小説を書くのは、まったく別だろ。そんなに簡単に始められることじゃないよ」

と、静かに言った。浮ついていた部屋の空気が、圧力をかけられたようにぎゅっと固まる。いづみは眉をひそめて春臣を見た。その視線には気づいているだろうに、春臣は

グラスから顔を上げなかった。

「簡単なことだとは思ってないよ。でも、やってみなくちゃ、できるかどうかも分からないじゃない」

「その、やってみるっていう初めの一歩には、ものすごくたくさんの勇気と気力が必要なんだよ。なにかに挑戦しろなんて、人に言っていいことじゃないと俺は思う」

「挑戦しろなんて、私、一言も言ってない」

「書いてみなよっていうのは、そういうことだろ」

二人の声が少しずつ剣呑《けんのん》を孕んでいく。実緒はそっと顔を動かし、春臣といづみの表情を交互に確認した。春臣の面持ちはどこか冷ややかで、はっきりとした喜怒哀楽は読み取れない。一方、いづみの顔は、さっきより明らかに赤らんでいる。

「じゃあ千は、一体将来をどうするつもりなの？」

「俺？」

「スーツを買ったり、業界研究したり、少しずつ始めなきゃいけないんだよ、就活。なにもしようとしないのは、挑戦したくないからなの？　就職のことをどう考えてるのか、何回訊いても答えてくれないし。年末から本格的に始まるんだよ？」

「俺のことは関係ないだろ。今ここで話すことでもないし」

「関係なくない。初めの一歩の話でしょう」

「いづみちゃん、春臣くん——」

実緒の放ったか細い声は、尖った雰囲気に飲み込まれ、呆気なく霧消した。

「俺は、そういうことを考えるのが嫌なんだよ。就職とか将来とか、そんなの、考えたところでどうにかなるものじゃない」

「でも、考えなかったら、本当にどうにもならないよ。だいたい、どうにもならないものを少しでもどうにかするために、意思とか考えとか、そういう積極性みたいなものが必要なんでしょう」

「だから、そうやって前向きに生きられる人間ばかりじゃないんだって」

吐き捨てるような言い方だった。束の間、誰も呼吸すらしなかった。エアコンの稼働音が、部屋の隅々まで広がっていく。壁越しに、隣室のテレビの声がぼんやり響いた。台所の流しから水の滴る音がして、ようやく三人は呪いから解かれたように息を吐いた。

「実緒さん、ごめん。俺、帰る」

散らかしっぱなしですみません、と小さく会釈し、春臣は部屋を出て行った。玄関のドアが閉まったと同時に、いづみは両手で顔を押さえて俯いた。長い髪が横顔を覆う。肩がかすかに震えている。

「いづみちゃん——」

呼びかけると、いづみの顔はわずかに上下に動いた。だが、手は顔から離れない。実緒はいづみの隣まで、四つん這いで移動した。ローテーブルを挟んだ距離がもどかしい。夢中でいづみの背をさすった。

「いづみちゃん、いづみちゃん」

「私、また説教くさいこと、言っちゃった」

涙声に加え、手に口元を阻まれているため、いづみの声はくぐもっている。だが、実緒にははっきりと聞き取れた。ううん、と力いっぱい首を振った。

「千がなにを考えてるのか、もう全然分からない。私は別に、千がどんな仕事に就こうと、どんな会社に勤めようと、そんなことはどうでもいいの。就活に失敗して、就職浪人になってもいいの。でも、千がどうしたいのかどうなりたいのか、考えてることが分からないのは嫌だよ。怖いよ」

うん、と応えて肩を抱くと、いづみはそろそろと頭を上げた。手が離れ、顔が露わになる。目は赤く充血し、下睫毛のあいだには水滴が蓄えられていた。目線はどこか虚《うつ》ろで、なのに頬は内側から上気している。口はうっすら開いていた。

キスしたいな、いづみちゃんと。

込み上げてきた欲望の中身と強さに、実緒自身も驚いた。慌てて一歩退き、いづみと距離をとる。衝動的に実行してしまうのが怖かった。

「実緒さん？」

「あの、い、いづみちゃんが自分を責めることはないよ。は、春臣くんが悪いとか、そういうことでもないと思うんだけど」

「ごめんね、実緒さんには分からない問題だよね」

「ううん。役に立てなくてごめんね」

「きっと大丈夫だから。実は前にも同じような話題で、もっと軽い言い合いになったことがあるの。でも、そのときはすぐに仲直りできたんだ。今日の夜にでもメールが来るんじゃないかな。ごめん、言いすぎたって」

いづみの浮かべた笑みは弱々しく、泣いている姿のほうが安心できるほどだった。しかし、どれだけ脳内を検索しても、いづみを根元から元気づけられそうな言葉は見つからない。実緒は、そうだよ、大丈夫だよ、と、アラームのように繰り返した。

私がやるから、と実緒が言うと、いづみはグラスを片づけていた手を止め、頭を下げて帰っていった。アパートの廊下を去っていく彼女の後ろ姿が、目に焼きついて離れない。儚げな足取りだった。駅まで送ればよかったと気づいたのは少し経ってからのことで、あまりの後悔に、実緒の視界は揺らいだ。

今ごろ二人は仲直りをしているだろうか。残像を追うように、実緒はローテーブルを見やった。さっきまでこれを三人で囲んでいたのが嘘みたいだ。と、フローリングの上に、一本の髪の毛が落ちているのが目に入る。自分のより遥かに長く、持ち主は考えるまでもない。拾おうと近づくと、今度はその近くにうねった髪の毛を見つけた。この形状には、よくよく見覚えがある。

右手でいづみの毛を、左手で春臣の毛をつまみ上げる。やがてこよりを作るように二本を絡ませ、それをノートパソコンの脇に置いた。飴の包み紙と同じく、捨てられない気持ちがあったほかに、子どものころ、おまじないにすがりついたときの感覚がよみがえっていた。正しい理論も、順を踏んだ過程もどうでもいい。ただ結果が欲しい。そう思い、友だちができるというおまじないを何度試したことだろう。

二人が仲直りできますように、と、今日はそれだけを強く願った。どうか、どうかお願いします。口の中で呟き、二本の髪に手を合わせた。

日に数度、髪の毛に祈った。春臣といづみから連絡はなく、二人のSNSのページも沈黙を守っている。どちらも、なにも更新しない。現状をうかがい知れず、実緒は落ち着かなかったが、だからといって尋ねる度胸もない。じりじりと焦がれて数日を過ごした。

こちらから投稿してみようと思いついたのは、少し変わった人を見かけたことがきっかけだった。アルバイト先からの帰り道、駅のホームで自分の前に立っていた若い男が、スマートフォンの画面をすさまじい勢いでなぞっていた。どうやらゲームをしているらしい。なにげなく男の手元を覗き込んで、実緒は驚いた。男のスマートフォンの画面には細かいひびが無数に入っていて、今にも砕け散りそうな状態だった。その上を縦横無尽に駆け巡る指は、切れて血を噴きそうだ。

この話をいづみにしたいと思った。伝えたら、そこまでしてゲームをやりたいのってなんなんだろうね、と笑ってくれる気がした。深い意味のない、取るに足らないことを二人に話したかった。世の中の恋人や友だち同士がしているような、親しい相手に喋りかけるようなささいなことを、自分も。

だが、どうでもいいことで相手のスマートフォンを鳴らしてしまうのは申し訳ない。また、いづみに返信の負担をかけるのではないかという心配もあった。どうしようかと迷っていたときに、ふとSNSの存在を思い出した。今まで実緒は、二人の投稿を読むことにしか使っていなかったが、SNSとはソーシャルネットワーキングサービスだ。こちらがなにかを発信することも可能なのだった。

いづみとは自費出版の件でメッセージをやり取りした直後に、春臣とは集中講義を共に受けた翌日に、互いに友だち登録を済ませていた。実緒が記事をアップすれば、二人のページに通知が届くはず。SNSに接続して、読んでもらえるかもしれない。

電車の座席に腰を下ろすと、すぐさまスマートフォンを操作して、その男について書き込んだ。画面がどれほど割れていたか、指使いがどれほど激しかったか、そして、指が血まみれになるのではないかという気がかり。雑談らしくなるよう、あえて簡潔にまとめた。投稿ボタンを押したあとは、初めて正しくSNSを使った感慨で胸がいっぱいになった。

アパートに着くと、少し眠った。久しぶりに気持ちが明るくなったからか、安らかに寝入ることができた。数時間後、小学生の声で起きると、その記事に対していづみから反応があった。クリックすることで肯定的な感想を示せるアイコンを、いづみが押した形跡がある。いづみが読んでくれたことの印に違いなかった。

本や雑貨、ぬいぐるみで彩られた部屋の中、ピンク色のベッドに横たわったいづみがスマートフォンを片手に、そっと微笑んでいる。そんな図が頭に浮かび、以降、実緒はたびたび記事を投稿した。あまり美味しく作れなかった親子丼、重複して買ってしまった食器洗剤、取り込み忘れて雨に濡らした洗濯物など、日常の欠片を拾い上げては短い文章に変えた。

そのうちに、春臣からも反応がつくようになった。いづみと同じく、コメントはない。ただアイコンがクリックされただけだ。それでも実緒は喜んだ。春臣といづみが同じものを見て同じ行動をとっていることが、堪らなく嬉しかった。今にも二人の会話が聞こえてきそうだ。私も最近ハンバーグを失敗してさあ。あれはまずかったなあ。そのときは美味しいって言ってたじゃん。気を遣ったんだよ。なら最後まで気を遣ってよね。

書き込みを始めて四日が経ったころ、いづみからメッセージが届いた。春臣と仲直りをしたことを告げる文面には、可愛らしいウサギのスタンプが添えられていた。手で口を覆った拍子に、実緒は自分が部屋着姿だということに気がついた。そういえばここ数日、全裸になることを忘れていた。春臣たちが心配で、それどころではなかったのだ。慌ててTシャツを脱ぎ、ズボンと下着を下ろした。胸や腹や恥部が空気にさらされる。身体が少し軽くなる。

でもなぜか、あまり快さは感じなかった。

白いポリ袋に、買った品物を入れていく。重いものから順番に、牛乳、じゃがいも、キャベツ半玉、もやし、食パン。自動ドアを出た瞬間、強い風に真横から煽られた。思わずたたらを踏む。パーカの胸元を片手で押さえ、アパートまでの道を歩いた。

ひんやりとした風が街中を吹き荒れていた。街路樹や軒先の植木の枝はしなり、店ののぼりやポスターは羽ばたきそうな音を立てている。実緒が右手に提げたスーパーマーケットの袋も、ばさばさとけたたましい。空を仰ぐと、灰色の雲が河のように流れていた。気象情報によれば、あと数時間で台風が関東地方に上陸する。今晩もアルバイトの予定は入っていて、電車の運行状況が気になった。

部屋に帰っても、全身を覆う寒気は消えなかった。風はなくとも空気が冷たい。いつものようにすべて脱ごうとして、実緒はパーカのファスナーから手を離した。寒いのだから、着ていよう。率直にそう思った。起床してから買いものに出かけるまでは、裸に布団をすっぽり被って過ごしていたが、またその状態に戻るのが急に馬鹿馬鹿しく感じられた。

服を着たまま、遅い昼食を作った。油はねは気にせず、フライパンにキャベツやもやしをどんどん投入していく。完成した野菜炒めの半分は密閉容器に入れて保存し、もう半分はインスタントラーメンに載せて食べた。勢いよくすすっても、汁が飛んできて熱い思いをすることがない。服とはつくづく便利なものだ。

食事を済ませてから、掌編に取り掛かった。昨日から書き始めた、髪の毛によって人が繋がる物語の続きだった。主人公は十代の少年で、彼の家は、髪の毛で人の縁を結ぶ能力を代々受け継いでいる。その力を持つものが二本の毛を結ぶと、髪の主の二人は必ず関わりを持った。単に恋愛における縁結びという意味だけではなく、人を再会させたり、仲直りさせたりもできる。数代前までの先祖は、この能力で村の政《まつりごと》や祭事を治めていたが、近年はもっぱら占いの一種になり果てているという内容だった。

夜までにこの話を書き終えて、棚卸しのアルバイトが終わったあと、春臣のマンションに寄りたいと考えていた。掌編を届けたいという気持ちは、一編目から少しも薄れていない。封筒をポストに入れたときの音が好きだった。書けた余韻を、心の深いところで感じられた。

主人公の少年は、ある日、恋人と仲直りをさせて欲しいという依頼を引き受ける。しかし、依頼主の少女に一目惚《ひとめぼ》れした彼は、預かった彼女の髪の毛と自分の髪の毛を結んでしまう。その結果、主人公は見事に少女の恋人となり、数年後には結婚するが、卑《ひ》怯《きょう》な手を使ったという負い目から、彼女の愛情をいまいち信じ切れない。結局、主人公が懸命に髪の毛をほどこうとしている場面で話は終わる。

書き上げると、ベッドの上に寝転んだ。風は強さを増し、雨も降り始めている。窓ガラスは引っ切りなしに震えていた。安心して家にいられるから雨が好きだったはずなのに、台風となると、一転して外に出たくなるのが我ながら不思議だ。思えば、昔からそうだった。

目を閉じ、身体を透けさせ玄関から外に出た。今日は裸ではないから、透明人間の実緒も着衣している。アパートの敷地を出ると、雨が風に吹かれ、まるでカーテンのようになびいていた。通行人の一人は裏返った傘を閉じようと必死の形相で、またもう一人は諦めたのだろう、閉じた傘を手に握ったまま歩いている。道端の空き缶が、音を立てて目の前を横切っていく。

だが、実緒の身体は濡れない。姿勢も傾かず、パーカのフードもはためかない。すいすいと、いつもと同じ調子で歩くことができる。なんとなく駅まで行くと、やはり春臣に会いたくなった。電車に乗り、彼のマンションへ向かった。

春臣の部屋には、いづみが遊びに来ていた。実緒が廊下に顔を突き出すと、二人はキッチンに並んで料理を作っていた。いづみが小麦粉と卵をつけた肉に、春臣がパン粉をまぶしていく。実緒の部屋で見せたようなぎすぎすした雰囲気は、もうない。窓の外では暴風が猛《たけ》り狂っている中、二人はときどき目を合わせて微笑んだ。

出来上がったカツを食べ終えると、春臣といづみはベッドに並んで腰掛け、DVDを観始めた。膨らんだスカートを着た少女の乗る馬が、広大な牧場を駆けていく。木で作られた柵を、馬は高く跳ねて飛び越える。二人の視線はテレビの映像に釘《くぎ》づけで、時折手を握り合ったり、指を絡ませたりはするものの、性交に至りそうな雰囲気はない。欲望を介さずに思いを重ね合わせる二人を見るのが今はなにより嬉しく、心地良かった。

温かい安堵と共に、204号室をあとにする。復路はごく短い。目を開ければ、アパートの自室に着いている。実緒は起き上がり、レースのカーテンを開けた。雨脚はますます激しくなり、窓ガラスを滝のように水が流れ落ちていく。向かいのマンションも電柱もすべて、雨に洗われて見えた。

台風一過のよく晴れた日、実緒はいづみから海に行こうと誘われた。気温も夏に逆戻りし、実緒は朝から裸で過ごしていた。パソコンに向かい、依頼された原稿を進めていると、スマートフォンが震えた。画面にはいづみの名があった。

「実緒さん、海に行かない？」

開口一番がこれだった。実緒が戸惑っていると、大学は九月いっぱいが夏休みであること、春臣と、夏休みが終わる前に遠出したいという話になったことを、いづみは明るい口調で告げた。

「前に実緒さん、海に行きたいって言っていなかったっけ？　ほら、初心者の運転でスリルを味わいたい、みたいなこと」

「う、うん」

おそらく初めて会った日に語ったことを言っているのだろう。実緒が伝えたかったのは、一般的に健全な関係性を自分もちゃんと通過したかったということで、いづみの認識とはかなり差がある。だが、訂正はしなかった。いづみの捉え方のほうが正しいような気もした。

スマートフォンを耳に当てたまま、パソコンデスクに投げ出した右手を見つめた。甲には青い血管が走り、目線を手前にずらしていくと、柔らかな毛に覆われた腕がある。一度も剃ったことがないから、毛の先端は尖っていた。稲穂のようだ。

「海、まだ泳げるのかな」

「実緒さん、泳ぎたかったの？　海水浴場は八月いっぱいで終わってるんじゃないかな。

クラゲも出るだろうし。私、てっきり海までドライブしたいっていう意味だと思ってた」

「あ、ううん、違うの。大丈夫、泳ぎたいわけじゃないから」

いづみの言葉で、人は泳ぐためだけに海に行くわけではないことを改めて思い知る。恋人たちが砂浜で語り合うような、学生が浜辺で花火をするような、そういう小説を読んだことはあったが、作り話の世界だと思っていた。実緒の中で、海はあくまで泳ぐ場所として認識されていた。

「頼めばうちの親の車を借りられると思うんだ。実緒さんは免許、持ってる？」

「う、ううん」

「じゃあ、運転は私と千でするね。私は高校を卒業してすぐに取ったんだ。ときどき家族を乗せて運転してるから、そんなに心配しないでね。でも千は、半年前に取ったばかりの初心者なの。だから、スリル担当は千で」

日取りは、実緒といづみのアルバイトが共に休みである明後日に決まった。電話を切ったあと、実緒が真っ先に思ったのは、服を買わなければならないということだった。ワンピースに合わせてもおかしくないズボンと靴。今度こそ、いづみの可愛いにちゃんと応えたい。

家を早く出て、出勤前に衣料量販店と靴屋へ寄った。服屋ではちょうどマネキンの一体が、ひらひらとしたワンピースの下に黒い薄手のズボンを穿いていた。これがいい。デニム生地ではないから、ジーンズではないだろう。しかし、正確な名前が分からない。実緒はワンピースの裾をまくり上げ、タグをあらためようと中を覗き込んだ。ズボンのウエストゴムに指をかけたとき、なにかお探しでしょうか、と店員から声をかけられた。

「あ、あ、あの、このズボンなんですけど――」

「こちらのレギンスですか?」

そういえば女性誌で、そんな名称を見かけたことがある。これがレギンス、と実緒は口の中で小さく呟きながら、店員に案内されるまま、マネキンと同じものを一着購入した。

次の靴の小売りチェーン店では、自分の足のサイズがなかなか思い出せず、難儀した。靴を買うのは久しぶりで、五年前に買ったスニーカーは、先日の台風でぼろ切れになる寸前だった。どれにしようか迷った末、アルバイトの日にも使えるよう、結局スニーカーを選んだ。お金が貯《た》まったら、次はパンプスを買ってみようと密やかに決意した。

真新しい靴は、目が痛くなるほど白かった。アスファルトから少し浮き上がって見える。アキレス腱《けん》に当たる固さをどこか誇らしく感じながら、実緒はアルバイト先までの道のりを急いだ。

いよいよ海に出かける日が来て、その明け方、実緒は棚卸しの現場で、眼鏡のリーダーからまたも怒鳴られた。閉店後のスーパーマーケットで調味料の棚をカウントしていると、突然リーダーがやって来て、実緒の足を蹴ったのだった。

「なに勝手なことしてくれてんの」

実緒は目を丸くして振り返った。つま先で小突かれたようなもので、たいして痛くはない。だが、暴力という今まで馴染みのなかった世界に突然突き落とされて、一瞬、息の仕方も分からなくなっていた。

「え、あ、え」

「そこ、佐原さんの担当じゃないよね？　あんたには、製菓用品を任せたよね？　まさかベテランぶって、気を遣ったつもり？」

異国の言葉のようだ。リーダーがなにを言っているのか、見当もつかない。ぽかんとしていると、銀縁の眼鏡の奥で、二つの目がどこか楽しげに光った。その輝きを認めた途端、この人は自分がなにも言い返さないと踏んでいるのだと、実緒は悟った。ここまで確信をもって人の気持ちを推察したのは初めてで、頭の後ろがすっと冷たくなるのを感じた。

だいたい、今回はまったくの彼の勘違いだった。どうやら別の人に割り当てた場所を実緒が勝手にやり始めたと思っているらしいが、こちらはきちんと作業分担表に従って動いている。調味料の棚に取り掛かる直前にも、分担表は確認していた。

「あのさあ、そういう余計なことをする前に、まずは自分のやるべきことをちゃんとやってくださあい。また終了時刻を延長させるつもりかよ。無能なら無能らしく、せめて人に迷惑をかけないでもらいたいんですけど」

「違います」

なるべく大きな声で、なるべく冷静に、実緒は言った。濡《ぬ》れ衣《ぎぬ》を着せられたまま、春臣たちと海に行くのは嫌だった。家族以外と遠出する。こんな僥倖《ぎょうこう》は、二度とないかもしれない。もしかしたら、今日が人生で最良の日になるかもしれないのだ。その純度を下げたくない一心だった。

「は？」

「ここも、私の担当です」

男の顔にかすかな怯えの色が射し込んだ。

「いや、でも」

「これにそう書いてありました」

ポケットから作業分担表を取り出した。リーダーがひったくるようにそれを受け取る。店内に緊張感が走った。ほかのメンバーたちも、息を飲んでことの成り行きを見守っているようだ。実緒のほうが正しいと、大勢の視線の中にふと温かさを感じる。足を踏ん張り、実緒は重苦しい沈黙に耐えた。

数秒後、リーダーは珍妙な面持ちで離れていった。小さく舌打ちの音が聞こえたが、まったく怖くなかった。


アパートに帰ると、昨日買っておいたカミソリで腕の毛を剃った。初めてのシェービングは、意外なことに少しも痛くなかった。つるつるした肌はまだ見慣れず、視界に入るたび照れくさい気持ちになった。それからは一睡もせず、いづみの到着を待った。集中講義の日と同じ、寝過ごすことを恐れる思いもあったが、それ以上に、仮眠を許さないほど神経が昂ぶっていた。リーダーに反論した興奮もあったのかもしれない。

とあるアプリケーションの存在を知ったのは、時間を持てあまし、無意味にスマートフォンをいじっていたときのことだった。アイコンを見た瞬間に用途がぴんときて、心臓が早鐘を打ち始めた。ダウンロードした記憶はないから、もともと標準で本体に入っていたものらしい。歌手が使うようなマイクのイラストと、その右上に描かれた赤い丸——。

口の中がねばねばとして気持ちが悪い。無理矢理に唾を飲み、人差し指でアイコンをタップした。操作方法は単純で、機械に明るくない自分にも扱えそうだ。あとは、オンにするタイミングだ。シミュレーションするうちに、太陽はさらに高く昇り、やがてスマートフォンが迎えの訪れを知らせた。

実緒は玄関を飛び出した。おろしたてのスニーカーはまだ固く、踵がすんなり入らない。その状態で駆け出して、廊下で盛大につまずく。スマートフォンが手からこぼれ落ち、コンクリートの床に転がった。真新しいレギンスや、今日が二度目の水色のワンピースは、早くもうっすら汚れていた。

大股で外階段を下りると、アパートの前にはハッチバック型の青い車が停《と》まっていた。髪の毛を頭頂部で団子状にまとめた人物が、こちらに向かって手を振っている。顔にはサングラスがかかっていたが、ためらいのない仕草にいづみらしさがあふれていた。

運転席横の窓ガラスが下がり、

「おはよう」

いづみは白と黄色のストライプシャツに、茶色のサスペンダーという格好だった。サングラスをかけている人間と話すのは初めてで、どこを見ればいいのか分からず、実緒はどぎまぎと頭を下げた。

「わざわざうちまで、ありがとう」

「ううん、方向的にはついでだから。ちょっと、千、起きて。実緒さんのところに着いたよ」

助手席で深く俯いていた春臣の顔がゆっくりと上がる。英字の書かれた白いTシャツを着ていた。春臣は左右に少し首を振ってから、半分も開いていない目を実緒に向けた。

「あ、おはよう」

「お、おはよう」

乗って乗って、と、いづみに促され、後部座席のドアを開けた。洋楽が小さく流れている。乗り込むときに運転席をうかがうと、ハンドルの中心に、外国自動車メーカーのエンブレムが見えた。車には詳しくないが、安いものではないだろう。大学生が運転するということで、なんとなく軽自動車を想像していたが、細部まで垢抜けた車体はいづみによく似合っていた。

実緒がドアを閉めると、いづみはカーナビの操作を始めた。

「高速道路を使うルートで……うーん、昼過ぎには着くかな」

「俺、都内と高速は絶っ対に運転しないからな」

「分かってるって」

春臣といづみが話している隙に、実緒はスマートフォンのスリープモードを解除した。さきほど発見したアプリケーションを立ち上げる。なんでもない顔で触っていれば、メッセージでも読んでいるように見えるはずだ。だが、そう自分を勇気づけても指先は冷えたままだった。懸命に目的のスイッチを入れ、座席の上にそっと置いた。

車が動き出した。カーナビの音声に従い、しばらく細い路地を走ったあと、大通りに合流する。関東の南部、太平洋に面する沿岸が目的地だった。ここら一帯については、実緒も知っている。旅行誌に記事を書いたことがあった。デートスポットとしても有名な観光地だ。泳げる時期は大いに混雑するらしい。

「道も海も混んでないといいけど」

「どうだろうね。あそこ、浮かれた大学生で年中混み合ってるイメージがあるからな」

「あはは。でも、私たちも浮かれた大学生だよね。人のこと言えないよ」

背もたれに上半身を預け、とろとろ流れていく景色を眺めた。近くも遠くも、高さのある建物ばかりだ。快晴だが、ビルに阻まれ、空の面積は狭い。トラックなどの大型車両が、ときどきすぐ真横を通り過ぎていく。大きなものに囲まれているからか、自分が縮み、玩具《おもちゃ》にでもなったような頼りない感覚があった。東京という街を車道から見上げるのは随分と久しぶりで、前はいつだったかと考えて、授賞式に思い至る。式の前、出版社のビルから会場のホテルまでタクシーで送ってもらった。あれ以来だ。

首都高速道路に入ると視界が高くなり、空も広がった。キャラメル箱をびっちり並べたような街並みが見える。車のスピードは上がり、道路とタイヤの擦れる音が、耳のあたりをしきりに覆った。騒音の中で、春臣はふたたび眠りに落ちていた。

「実緒さんも、眠かったら寝てね。さっきまでバイトだったんでしょう?」

バックミラー越しに、いづみが言った。ハンドルを握る白い手に、余計な力は入っていない。正面や左右のサイドミラーにも如才なく目を向け、時折わずかにハンドルを切る。車はずっと、すべらかな調子で走っていた。

「ううん、眠くないから」

「本当？　実緒さん、気を遣いそうだからなあ」

「そんなこと」

「洗剤を重複して買っちゃったこととか、洗濯物が雨に濡れちゃった話とか、いろいろ書き込んでくれたのも、私と千を和ませようとしてくれたんじゃないの？」

黙って首を横に振った。自分はもっと単純に、二人と話したい人がいると、発信したかっただけだ。いづみの好意的な解釈が照れくさかった。

「今回はお互い意地になっちゃって、それで、仲直りするまでにちょっと時間がかかったの。でも、話し合ったよ。就職のこと、もう少し頭の整理がついたら、私にちゃんと話してくれるって。あと二ヶ月もすれば本格的に就活は始まるから、正直、一日でも早く動き始めたほうがいいとは思うんだけど、でも、千が話してくれるときを待つことにした」

うん、と頷くと、肩から強張《こわば》りが消えた。座席に崩れ落ちそうだ。この一件に対し、自分がどれほど気を揉《も》んでいたのか、改めて実緒は実感した。

「よかった」

「心配かけてごめんね。千も実緒さんに申し訳ないって、ずっと思ってたみたい。ほら、あの日、途中で勝手に帰っちゃったから」

実緒はもう一度、首を横に振った。そして、

「いづみちゃん、運転上手だね」

「本当？　嬉しい。結構好きなんだ。自分より大きなものを動かしている感じが楽しいんだよね」

高速道路を下り、国道に繋がるバイパス道路に入ったところで、春臣の頭がむくりと動いた。ふわあ、と長いあくびが聞こえる。目を覚ましたらしい。実緒が車内のデジタル時計を確認すると、正午の三十分前だった。春臣はつくづく朝に弱いようだ。

「今、どこ？」

「もうすぐ一般道だよ。ちょうどよかった。下りたらコンビニに入るから、運転、代わってね」

「あー、初心者マーク、持ってきてくれた？」

「ダッシュボードに入れてあるよ」

春臣はため息を一つ吐き、目の前の取っ手を摑んだ。緑と黄色でけたたましいマークを取り出して、また深い息を吐く。それから首を捻って実緒を見やった。

「この人、厳しいんだよ。ときどき運転させてもらうんだけど、ブレーキの踏み方まで

いちいちうるさくって」

「だって、赤信号ごとに身体がつんのめりそうになるんだもん。前の車に衝突しないか、怖いし」

「いづみは大袈裟《おおげさ》なんだよ」

「千は車間距離が狭すぎるの。蟻《あり》の行列じゃないんだから」

「こんな感じのことをずっと横で言われてさあ。自動車学校みたい」

実緒は噴き出した。春臣が照れくさそうな表情になって、前に向き直る。じゃあ指導料もらう、と、いづみが鋭い声を上げ、今度は三人で笑った。

宣言どおり、国道に入って最初のコンビニエンスストアにいづみは車を停め、サングラスを外した。ついでだからと皆で店に入り、交代でトイレを使う。飲みものと菓子類をいくつか買って、車に戻った。運転席と助手席の人間が入れ替わる。

「っていうか、俺、国道を走るの？　高速道路とそんなに変わらなくない？　車の量は多いし、スピードも速いし」

文句を言いながらも、ときどき乗っているというだけあって、春臣も安定した運転技術を見せた。いづみと比べると確かに車間距離は狭く、信号で停止する際には急に速度が落ちる。だが、危機感を覚えるほどではなかった。実緒に遠慮してか、いづみもあまり注意をしない。さきほどコンビニエンスストアで買ったチョコ菓子を、親鳥のように春臣の口元まで運んでいる。もう何度も二人の性交の様子を想像しているのに、今、目の前で繰り広げられている光景のほうが、ずっと艶《なま》めかしく感じられた。

助手席に移ったいづみは、時折振り返って実緒に話しかけた。実緒が砂糖を入れ忘れ、親子丼を失敗したという話から、話題は料理のことに移っていく。春臣が百グラム七百円の牛肉で肉じゃがを作ったことをいづみは挙げ、人生で驚いた出来事のベスト3に入ると、しみじみ語った。すると春臣も、いづみがバレンタインデーに作ったクッキーは前歯が欠けそうに固かった、と暴露した。実緒は二人のあいだで笑い続けた。

カーナビの温度のない声が、右に曲がるよう告げる。車は住宅の建ち並ぶ通りに入り、長い坂を下った。視界に映るのは、家や店、三、四階建てのビルばかりで、栄えている地方都市といった雰囲気だ。海の気配はまだない。実緒はさりげなくカーナビの画面を確認した。目的地には順当に近づいているようだ。

突然視界が明るくなった。いづみが助手席の窓に指を当て、あっと叫んだ。

「海っ」

つられて実緒も顔を横に向ける。ここまでにも東京湾の暗い色は目にしていたが、外海の開放感と迫力は桁違いだった。灰褐色の砂浜と、白い波、銀色に輝く海面。いくつもの白い三角が水平線を横切っていた。ウインドサーフィンとヨットの帆のようだ。カラス大の茶色い鳥が、宙を大きく旋回している。

この瞬間のことを、この先自分は何度も思い出すだろうと、実緒は思った。海がこんなに強く光るものだと知らなかった。波がこんなに儚く砂浜に吸われていくものだと知らなかった。いつかは消えゆく思い出だとしても、飴玉を嚙《か》まずに舐めきるように、自分はきっとこの記憶をしゃぶり尽くす。

「海だよ、千、海。見えた？」

「あのさ、俺、運転してるんだけど」

正午を大きく回っていたため、海には昼食を摂ってから下りることにした。イタリアンレストランらしい構えの店を見つけ、春臣がウインカーを出す。駐車場にバックで停めるのには若干手こずり、もう一回切り返して、などの指導がいづみから飛んだ。春臣は大人しく従っていた。

車から降りる前、実緒は座席に置いておいたスマートフォンを手に取り、アプリケーションのスイッチを切った。後ろめたい気持ちは、もうすっかり消えていた。

県営駐車場に停め、海に向かった。コンクリートの短い階段を下りると砂浜で、その先には海が広がっていた。波音が地鳴りのようにこだまする。とろみのある風は強く、実緒は頰に絡みつく髪を何度も払わなければならなかった。それでも、暑さを吹き消してくれる風には、随分助けられた。

いづみはためらうことなく、砂浜に足を踏み入れた。春臣と実緒もあとに続いた。

「海、久しぶりだなあ」

砂にいづみの靴跡が刻まれていく。実緒はそれを辿る犬にでもなったような気持ちがした。春臣がいづみの背中に、どこまで行くのかと問いかけた。

「せっかくだから、足だけでも海につけてみようよ」

とっくにシーズンオフで、長屋のように並ぶ海の家はすべて休業中だった。にもかかわらず、浜には少なくない程度の人がいた。ほとんどは砂浜を歩いたり、波打ち際で水と戯れたりしているだけだが、中には泳いでいる人の姿もある。海面から、数個の頭が茶柱のように伸びていた。

いづみはスニーカーを脱いで裸足になると、ジーンズの裾を折った。真っ白いふくらはぎが露わになる。鼓動が速くなるほどの美しさだった。

「絶対に服を濡らすよ、いづみは」

言いながら、春臣も靴と靴下を脱いだ。紺地に白い水玉のハーフパンツを穿いているため、彼に裾をまくる必要はない。靴を右手の指に引っかけて、海のほうへと歩き出した。そして、いづみと同時に、

「砂、熱っ」

と、悲鳴を上げた。

「実緒さんも、おいでよ」

「海に来た記念にさ」

　呼ばれて実緒も真新しいスニーカーを脱ぎ、両手で抱えた。砂浜は、飛び上がるほどの温度ではなかったものの、数秒とつけていられないくらいには熱かった。火傷《やけど》しないよう、足取りが自然と速くなる。波に濡れ、色の濃くなったところに立ち、ふうと息を吐いた。足の裏には、低反発クッションのような感触があった。底なし沼に飲み込まれそうな恐怖から、もう熱くはないのにやはり頻繁に足を動かした。

　波が束の間足を包み、去っていく。足の下の砂がえぐれて、バランスを崩しそうになる。ぴーひょろろ、と頭上から鳴き声が聞こえ振り仰ぐと、車からも見えた茶色い鳥が風に乗って飛んでいた。とんびだ。唐突に実緒は名前を思い出す。

「わ、わ、だめだ、裾が濡れた」

　実緒よりも海に近いところで、いづみがぴょんと跳ねた。

「ほら」

　春臣が大口を開けて笑う。波の音にも掻き消されないほど、よく通る笑い声だった。

そして、実緒のほうを振り返った。

「実緒さんは大丈夫？」

「だ、大丈夫っ」

「あー、どうしよう、太腿まで濡れたー」

いづみが泣き笑いの表情で戻ってきたのを機に、それからは三人で棒きれで砂に絵を描いたり、漂流物を探索したりして過ごした。貝殻や海藻、木の枝のほか、波に揉まれて角の丸くなったガラス片もあった。収集したものは、すべて砂浜に一直線に並べた。

「なんかいいね」

「なにが？」

「夏って感じ」

「暦の上ではもう終わってるんじゃないの？」

「まあそうだけど。そういう考え方、つまらなくない？　旧暦の正月がどうとか、節分が過ぎたから暦の上では春だとか。そのとき自分がどう感じてるかのほうが大事なのに」

「俺は自分の感覚をそんなに絶対視できないよ」

「どうして？　自分が自分を肯定しないと、なにも始まらないよ」

柔らかい砂地を歩き回るのは存外に体力が要ることで、休憩のため、三人は階段に腰を下ろした。実緒の隣にいづみが座り、さらにその向こうに春臣が腰掛ける。足についた砂が、急速に乾いていくのを感じた。ペットボトルの中のぬるい液体を口に運びながら、実緒は正面の海をぼんやりと見つめた。

「夏の終わりって、寂しいよね」

両脚を抱えていづみが呟いた。目の前を、犬を連れた中年の男が通り過ぎていく。日によく焼けた肌に、目の覚めるような真っ黄色のTシャツを着ていた。砂浜にはそら豆に似た人間の靴跡と、犬の丸い足跡が残された。

「大学って、大変？」

実緒の質問に、いづみは首を傾げた。

「うーん、結構楽しいよ。授業は面白いし、サークルのみんなで集まるのも好きだし。でもやっぱり、夏休みには敵《かな》わないかな。実緒さんだって、学生のときには夏休みが嬉しかったんじゃない？」

「学校へ行くのに比べれば、もちろんずっと好きだったけど、でも楽しかったのとは少し違うかな。一緒に遊ぶ相手がいなかったから、毎日図書館に通って、本を読んで……。でも、学校と違って行事もないし、ひたすら同じ一日を繰り返してるみたいだった。長かったよ」

一人っきりで黙々とこなした宿題。旅行先のお土産店で、誰か買っていく相手はいないのかと親に訊かれたこと。図書館からの帰り道、浴衣《ゆかた》を着た同級生の集団を見かけて、今日は縁日だと知った夕暮れがあった。男子に帯をほどく真似《まね》をされて、女子の一人がきゃあきゃあと叫び声を上げながら、あたりを走り回っていた。自分があちら側には行けないことは分かっていたはずなのに、そもそもなにが自分たちを隔てているのか、急に疑問が芽生えてきて、息が苦しくなった。

「夏がこんなに楽しかったの、生まれて初めて。二人のおかげだと思う。本当にありがとう」

いづみはかすかに目を見張ったあと、ごく短いあいだ、自分の手元に視線を落とした。

それから、

「ううん、別に、そんな」

「そうだよ。俺たち、特になにもしてないし」

しばらく、誰もなにも言わなかった。波の音には柔らかなリズムがあり、黙って聞いていると、意識に少しずつかすみがかかっていくようだ。波が端から砂に溶け、しゅわしゅわと消えていく様子だけが、妙にくっきりと実緒の網膜に映った。

「レース模様みたい」

「ん？」

「波」

いづみが、ああ、と頷いただけで、春臣はなにも反応しなかった。階段に後ろ手をついた姿勢で、顔をまっすぐ前に向けている。その横顔にどこか張り詰めたものを見つけ、実緒は驚いた。今、彼の気分を塞ぐものはなにもないはずだ。すぐ隣には仲直りをした恋人がいる。見間違いだろうと瞬きをしたとき、いづみが立ち上がった。

「トイレに行ってくるね。確か駐車場の入口にあったと思うんだ」

いづみがいなくなると、階段には実緒と春臣だけが残された。はっきりと二人きりになったのは初めてで、実緒の心臓は大きく跳ねた。春臣はまだ憂鬱そうに海を見ている。と、春臣の耳の近くに小さなゴミを見つけた。うねった髪に絡まっている。

「ゴ、ゴミ」

「ん？」

緩慢な動きで、春臣はこちらを見た。

「髪の毛にゴミがついてる。右の耳の、上あたり」

息と声が喉元でもつれた。それだけを言うのに、力を振り絞らなければならなかった。しかし、波の音が実緒のたどたどしさを隠してくれた。春臣は、お、と、のんびりした声で呟いてから、頭に手を突っ込んだ。だが、何度やっても上手くいかない。やがて諦めたように腕を放り出した。

「ごめん、取ってもらってもいい？」

頷き、実緒は春臣のほうに一歩距離を詰めた。震えていることを悟られないよう、気を引き締めて手を伸ばしたが、爪の先はちりちりと焦げていく。虫眼鏡で日光を集めたときのように、指先が発火しそうだ。火は瞬く間に全身を巡り、自分を骨まで焼き尽くすだろう。

ゴミの正体は、白い紙くずだった。嘘ではなかったことを証《あか》すため、実緒は春臣に差し出した。

「本当だ。ありがとう」

親指と人差し指で挟むと、春臣はそれを宙に捨てた。小さな白い紙片は、あっという間に風にさらわれていった。

「実緒さんってさ」

「な、なに？」

「無理していづみに合わせてない？　大丈夫？」

首を大きく縦に振り、それだけでは足りなくて、大丈夫だよ、と叫ぶように答えた。無理しているように思わせたなら、こちらの失態だ。

大丈夫どころか、自分がいづみに迷惑していることなど、ただの一点もない。無理している
春臣は上半身をややのけぞらせた。

「いや、大丈夫ならいいんだけど。変なことを言ってごめん。あの人、強引……ってい
うか、自己主張が激しいから、ちょっと心配になっちゃって。俺はそういうところを尊敬してるんだけど、それでもやっぱりきついときはあるから」

頭の中が真っ白になった。春臣にはもっと完璧な愛情を、いづみに寄せていて欲しか

った。

「春臣くん」

「なに？」

「いづみちゃんと結婚して。それで、子どもを作って」

「え」

端整な春臣の顔が大きく歪んだ。小鼻と唇の端が、怯えたようにひくひくと痙攣《けいれん》する。

しかし実緒は構わず続けた。言葉はなかば勝手に口からあふれていった。

「私、こんなにぴったりな二人はいないと思う。だから結婚して、ずっと一緒にいて欲しい。春臣くんといづみちゃんなら、絶対に素敵な夫婦になれるよ。絶対に素敵な子どもが育つ。だから、だから――」

言いながら、頭の隅では子を宿すことのない己の身体について考えていた。自分には一生恋人はできない。だから結婚も、出産も不可能だ。でもいづみは違う。一人の人間から深く愛され、その人との命を愛することのできる生命体だ。

「それは俺といづみが決めることだよ。誰に言われることでもない。いづみが子どもを産みたいかどうかだって、分からないし」

春臣の落ち着いた、しかし一抹の冷たさのこもった声で、やっと実緒は我に返った。

ごめんなさい、と頭を下げると、春臣は海に向き直った。一際強い潮風が、実緒と春臣のあいだを抜けていく。

「実緒さん」

「はい」

「俺、大学を卒業したら、東北の実家に帰るんだ」

実緒は瞠目《どうもく》した。

「俺の家は老舗《しにせ》の、結構大きな旅館を経営していてさ、俺はそこの五代目なんだ。要は、長男ってこと。家業を継ぐんだよ。親からは地元で進学するよう言われていたんだけど、どうしても一度東京に住んでみたくて、卒業したら帰る約束で、こっちの大学に行かせてもらったの。優しい親でさ、だったら東京でいろんなことを経験して戻って来いって、いいマンションも借りてくれたし、仕送りの金額も友だちよりずっと多かった。だから、約束は破れないんだよね。息子としてというより、人として」

「い、いい、いづみちゃんは知ってるの？」

「知らない。実家が旅館をやってることも言ってない」

「な、ど、どうして？」

春臣は海から視線を外さなかった。正面を見据えたまま、唇にだけ苦笑をにじませた。

「ほら、いづみはさ、未来に希望を見つけて、きらきらできる人間じゃん。最近も、ライターやら編集者やら広告関係の仕事やら、片っ端から調べてる。でも、俺が実家に帰るって聞いたら、たぶん迷うと思うんだよね。っていうか、俺の地元で就職するとか言い出しそうな気がする。どこに行ったって、自分のやりたいことは見つけられるはずだ、とか言って。でも、東京と地方だと、同じ職でも経験できる仕事の内容は全然違う。それに、本当にいざ結婚するときがきたとして、じゃあいづみはうちの旅館の女将《おかみ》になるの？　いや、あの人はさ、なれると思うんだよ。なっちゃうと思うんだよ。でも俺は、女将になったいづみを見たいわけじゃないんだよね。いづみには、ちゃんとやりたいことをやって欲しい。だから、いづみが内定をもらって就活を終えるまでは、黙ってるつもり。実緒さんも言わないでね」

「じゃあ……別れる、の？」

それは分からないよ、と春臣は微笑んだ。

「でも、もし別れることになったとしても、いづみとのことは一生、自分の中に鮮明に残り続けると思う。それで充分なんじゃないかって、そんなふうに考える瞬間はある」

二羽のとんびが交互に鳴いた。まるで話をしているようだ。とんびの鳴き声は、南米の笛の音色に似ている。哀愁があり、空気に淡く溶けていく。二羽の会話が終わるまで、実緒は待った。また水の砕ける音が鼓膜に戻ってきて、重かった唇を開いた。

「春臣くん、それは違うよ」

「なにが？」

「別れたら、離れたら、過去になったら、いい思い出は薄れていくよ。嫌なことはいつまでも生々しく残るけど、幸せは呆気なく風化しちゃう。心の底から大事なことは、現在進行形で抱えていかないとだめなんだと思う。二人がどうすればいいのか、私には分からないけど、でも、いづみちゃんのことをずっと鮮明にしておきたいなら、別れちゃだめだよ」

受賞の電話を受けたときの喜びや、初めて編集者と会ったときの、自分はもう一人ではないという安堵、授賞式のときの気を失いそうな緊張に、インタビューを受けたときの、上手く喋れなかった自分に対する情けなさ。そして、書店に本が並んでいるのを見たときの、夢の中にいるような感覚。すべてがもう、実緒には遠かった。まだかろうじて繋がっている感覚はあるものの、その糸は日々細く、薄くなっている。これらが本当に自分の記憶なのか、疑う時間が増えていく。

だから自分は、春臣のポストに掌編を入れ続けるのかもしれない。本を手に取ってもらったこと、春臣を好きになったこと。その喜びを遠くしないために。

今度は春臣が目を見開いた。牙を抜かれたような顔で、ぽかんと実緒を見る。実緒は目を逸らさなかった。内側を覗き込むつもりで、彼の黒目を凝視した。視界の隅で春臣の口が動き、音がこぼれる。

「お待たせー。ごめんね、思ってたより遠かったー」

いづみの、日差しをたっぷり含んだ声があたりに響いた。実緒と春臣は同時に顔から影を消し、いづみの健やかな立ち姿に向かって手を挙げた。

チューニングの合わないラジオから流れる、異国の番組のようだった。砂嵐の奥の奥に、求めている声はひっそりあった。声を聞こうとボリュームを上げると、砂嵐の音も必然的に大きくなる。こめかみの痛みに耐えられるぎりぎりまで音量を上げ、目を閉じた状態で、暴風の向こうに耳を澄ませた。

アパートの自室で、実緒はイヤホンを耳にはめていた。今日は肌寒かったので窓を閉め、衣服も身につけている。イヤホンのコードの先は、スマートフォンに繋がっていた。海に行った日、実緒は車中の音声を録音していた。ボイスレコーダーのアプリケーションを見つけたことで、思いついたのだった。

車の音がとにかく大きく、一般道は多少聞き取りやすいものの、高速道路を走っているあいだの声には、かなり注意深く耳を傾けなければならない。暴風雨のような走行音のほかに、車で流れていた洋楽やカーナビ、ＥＴＣカードのアナウンスなども入っていた。

初めは自分の声を聞くのがくすぐったかったが、二度三度と回数を重ねるうちに慣れた。時間が許す限り、実緒は何度も再生した。アルバイトに向かう電車の中でも聞き、ライターの仕事中のBGMにもした。おかげで、やり取りはほとんど暗記している。次に誰がなにを言うのか、その語尾までもが流れてくる前に分かった。今は、自分の親子丼に失敗した話に続き、二人が互いの料理のエピソードを語っていた。三人分の笑い声が耳の中で弾ける。

食事のために車を降りたところで、一つ目の音声ファイルは終了した。続いて、二つ目を再生する。帰り道でも、実緒は行きと同様に録音していた。次は皆でどこに行こうか、と、いづみのはしゃぎ声からデータは始まる。山もいいし、買いものもいいよね。買いものはなあ、と渋る春臣に、なら実緒さんと二人で行く、と、いづみが言い放つ。三人の笑い声が重なる。

実緒が実際に耳で聞いたのは、ここまでだった。高速道路に入ったあたりで眠ってしまったのだ。暑さと寝不足で、体力が限界に達したらしい。自分でも気づかないうちに寝ていた。

「実緒さん、寝ちゃった?」

か細くいづみの声が入っている。運転しているためだろう、春臣に確認を求める口調だった。

「ああ。疲れてたんじゃない? 昨日もバイトだったんだろ? しかも深夜の。そりゃあ寝るよ」

「行きの車でも寝ていいよって言ったんだけど、たぶん私に気を遣ったんだろうね。誰かさんと違って」

　悪かったって、と春臣が情けない声で詫びる。そのとき、スマートフォンにわりと近いところから、ぶご、と濁点にまみれた音がした。一度目に聞いた際、実緒はこれがなんなのかまったく分からなかった。春臣といづみが、今のって、と同時に笑い出して、自分の鼾《いびき》だと知った。

「かなりぐっすり寝てるみたいだね」

「首がすごい角度に傾いてる」

「どれどれ？　あ、本当だ。でも千だって、授業中、いつもあんな感じだよ」

「嘘」

「本当」

　二人の会話はいつもどおりに楽しげで、安定感があった。彼らに別れの日がくるとは、実緒にはどうしても思えなかった。春臣の告白を丸ごと全部は信じられなかった。

　しばらくざらざらしたノイズが続き、やがて聞こえてくるのは春臣の問いだ。なにかに耐えかねた様子で口を開く。

「なあ」

　少し吐息混じりの声には、妙な色気があった。

「なに？」

「あの人、何者なの？　本当にただのライター？」

「実緒さん？　どうして？　なにかあったの？」

「別に。ただ」

「ただ？」

「あの人、ときどき魚みたいな目をするよな。現実をちゃんと見てないっていうか、なにを映してるのか全然分からない感じっていうか」

「ああ、なんとなく分かるかも。やっぱり私たちとは違うよね」

数秒、いづみと春臣の声が途切れる。通行できます、と、ETCカードの無機質な音声が響く。データの中のいづみがふたたび喋り始めるのを、実緒は目を閉じたままの状態でじっと待った。録音されていることは分かっているはずなのに、永久に次の言葉は出てこないのではないかと、聞くたびなぜかどきどきした。

「実はね、私ね」

「なに」

「仲良くなったら、出版社の人を紹介して欲しいって頼むつもりだったんだよね」

「なに？　どういうこと？」

「だから、実緒さんをいろいろと誘ってた理由」

春臣がなにか言い返したようだが、音量を最大まで上げても、内容は分からない。走行音の轟《とどろ》きに、完璧に上書きされている。

「うん……そういうことなんだろうね。ずっと出版関係の仕事に就きたかったから、ライターだっていう実緒さんから自費出版のことでメールをもらったとき、ラッキーって思って。これはチャンスなんじゃないかって」

「じゃあ、すごいすごいって褒めてたのは、全部嘘だったってこと？」

「違うよ。すごいって思ってたのは本当だよ。すごく面白い人だなあって。あんな人、いくら探しても絶対ほかにいないもん。変わってるけど、いい人だし。まあ、ライターじゃなかったら、ここまで仲良くなろうとは思わなかったかもしれないけど」

いづみの語調に抑揚はない。淡々としているところに、むしろ本音がにじんでいるように思えた。

「でも、ありがとう、だって。人生で初めて楽しい夏だったたって。あーあ、さすがにもう紹介して欲しいとは頼めないなあ」

以降はどちらの話し声も聞き取れなかった。人が喋っている気配だけが、騒音の裏に漂っている。次にはっきりと意味が理解できるのは、ごめん、寝ちゃってた、という自分の台詞《せりふ》だった。

この復路の音声ファイルも、もう何十回と再生していた。人が自分に近づいてくるときは、なにか即物的なメリットを求めている。長距離走の出場に、試験前のノートのコピー。学校生活中に何度頼まれただろう。分かっていたはずなのに、忘れていた。録音を聞くたび、胸の底がぐらぐらと揺れた。二人の声は、実緒を前にしているときとは少し調子が違った。若干低くて、もっと力が抜けている。息をするように喋っている。また、熟睡しているとはいえ、すぐ傍《そば》に当人がいるのにもかかわらず、こうした話ができるところに、今まで知らなかった二人の一面を垣間見《かいまみ》た気がした。

目を開け、両の手のひらを見つめる。清潔で明るく、親切な二人。そんなふうに思っていた春臣といづみは、一体なんだったのか。幻だったのだろうか。しかし、三人で過ごした時間を振り返るとき、胸に込み上げてくるのは圧倒的な喜びで、それが消えないうちは、とても全部を幻だとは思えなかった。だって、こんなに楽しそうだ。実緒は再生時間を少し前に戻し、次は買いものに行こうと提案するいづみの声をふたたび聞く。買いものはなあ、と春臣がためらい、なら実緒さんと二人で行く、と、いづみが宣言する。三人で声を合わせて笑う。

小説で書く人物は、表も裏も作者の掌中にあるが、現実の人間を百パーセント知ることは難しい。自分の外にいる、実は下心のあったいづみも、自分の中にいる、清らかでしかなかったいづみも、どちらも本物であり、また、偽物なのかもしれない。人と関係することには、相手と交流を持つことだけではなく、己の内部に自分だけのその人の姿を築いていくことも含まれていて、だとしたら、得意の妄想に少しだけ似ている。

俯いて腹部に目を落とすと、毛羽だったTシャツが時折かすかに膨らみ、萎むのが見えた。今、誰かに見られているから服を着る、誰にも見られていないから服を着ない。そうではなかった。自分を認知する他人は、自己の内側にもいた。

暑い日に脱いでいたほうが快適なら、そうすればいい。だが、寒いときにまで無理に裸を貫くことはない。単純な真実が、胸の真ん中にすとんと落ちる。これからどんどん秋は深くなり、やがて冬が始まるはずだ。季節に従って、自然に服を重ねていこう。

実緒は立ち上がり、伸びをした。Tシャツの裾がめくれて、臍がひやりとした。くしゃみをした拍子に、右耳からイヤホンが外れた。


クラシック音楽が心地良く耳を抜けていく。紙をめくる音は涼しげで知的だ。人の数のわりに落ち着いた空間に感じられるのは、本が雑音を吸い、紙が静けさを吐き出すからか。書店や図書館のような場所が、実緒は昔から好きだった。そのことをすっかり忘れていた。自著が刊行されてからというもの、本があるところはすべて緊張する場所だった。

まだ新品感の残るスニーカーで、ベージュと茶色の市松模様を踏みしめる。焦茶色の書架が、幾重もの仕切りのように並立していた。白いシャツを着た店員が、棚のあいだから、いらっしゃいませ、と声を上げる。インクの匂いが鼻の奥をくすぐる。

細い通路に入ると、608の棚を端から順に覗いていった。目当てのものはサ行にあると分かっていたが、いきなり答えを確認する気にはなれなかった。果たして、六段に仕切られた棚の上から三番目に、それはまだあった。右隣に映画化常連のベストセラー作家がいるのは、半年前と同じだ。左隣は新人作家の著作に変わっていた。

いつか春臣がしていたように指を引っかけて、茄子紺の本を抜き出す。艶《つや》やかな表紙の中で、白いぼうふらたちがたゆたっている。しばらく眺めたあと、彼らを優しく撫で、実緒はレジに持っていった。

*

海辺に建てられた古い小屋に、マトイはひとりきりで暮らしている。やむことのない雨にさらされ、もはや朽ちかけている木造の小屋は、しかしひとたびなかに入ると、まったく違う顔をあらわした。金ぴかに光る立派な足踏みミシン、壁に備えつけられた棚には、何巻きもの青い布や白い糸が入っている。花柄の小箱には、よくよく手入れされた裁縫道具がきちんと並んで収まっていた。ここは工房、なのだった。

日がないちにち、マトイは服を作っている。こうなる以前の記憶はなく、小屋にはカレンダーも時計もないから、自分がどれほどの時間、服を縫い続けているかはわからない。カーテンを開けたこともないから、今が昼か夜かの判断もつかなかった。

雨と波の音を聞きながら、ミシンのペダルを踏む。もしくはレースを編む。マトイ自身はぼろ布をまとっていた。自分で作ったものを、自分で着ることはできないのだった。頭をとおした途端、服は水に変わって足元に溜まる。あとにはぐっしょりと濡れたマトイが残される。

遠い昔からずっと、入水《じゅすい》自殺の名所とされてきた海だった。穏やかで、波に押されて浜まで戻されることがない。潮の流れは優しくからだを包み、底までいざなってくれる。

誰からも聞いたことがないのに、そんな知識だけは頭にあった。

ぱらぱらと米粒を撒《ま》くような音が急にやんで、マトイはレースを編む手をとめた。天井裏が静かだ。どうしたのだろうと思いながら手元に目を戻した瞬間、雨がやんだのだ、と、はっとした。

おととい来た客が、雨の降らない町の出身だった。こんなに降り続ける雨もあるんだな。マトイの前で言葉を発した客は彼が初めてで、驚き顔を上げると、わたしの故郷は晴ればかりでね、水不足の心配が絶えないんだ、と彼はどこか楽しそうに言った。

晴れとはなにか思い出せず、マトイは尋ねた。すると彼は、空に太陽しかないんだ、眩しくてとても目を開けていられない、と答えた。雨が降っていないなんてへんなの、と思うと同時に、美しい光景のような気もうっすらして、この海も晴れればいいのに、とマトイは思った。そうしたらやんだ。ほんとうに晴れた。

おそるおそる窓に近づき、カーテンを開けた。雲の切れ間から、白い光が海面へと射している。マトイはこの小屋に来て、初めて窓の外を見ていた。先端に飛沫を縫われた波が押し寄せ、そして去っていった。

この海に、晴れの日ばかりの町で破産に追いこまれた男のからだも沈んでいる。彼の命が溶けている。

小屋の戸が叩かれた気がして、マトイは椅子から立ち上がった。どんなに小さくても、戸の叩かれた音はちゃんと聞こえる。木の戸を押し開けると、髪の長い少女がいた。目の輝きに、鼻の形に、頬の色に、部分ごとには見覚えがあるのに、全体としては馴染みのない顔だった。マトイは内心で首をかしげながら、どうぞ、と少女を招き入れた。

入水自殺をする人のために服を作る。わからないことだらけの今の生活のなかで、唯一マトイがはっきり認識しているのがこれだった。マトイの作る服には、よりなめらかに命を溶かす作用があるらしい。デザインは一種類。海と同じ色の布で仕立てたワンピースだ。襟と袖、裾には波しぶきを模したレースが縫いつけられている。男も女も老いも若きもこれを着た。

　まずはからだの寸法を測らなくてはならない。赤くて丸い絨毯のうえに少女を立たせ、巻き尺を握った。では上胴から、と、マトイが手を伸ばしたとき、少女の頬にきゅっとえくぼが浮かんだ。

「わたしは服を買いに来たんじゃないの」

　マトイは驚いて少女の顔を見つめた。凝視するほどに、知っているような知らないような感覚がわきあがる。思わず眉をひそめたが、しかし、マトイの表情などまるで気にならないというように、少女はさらに笑みを深くした。

「わたしはあなたを迎えに来たの。わたしと一緒に外へ出るのよ」

　ここから出たくない、とマトイは首を振って答えた。冷静に返したつもりだったが、声は少し上擦《うわず》り、泣く寸前のようにかすれた。

「でもあなたは晴れて欲しいと願い、日の光が注ぐ海を見たわ。自分で、その手でカーテンを開けた。外の世界に興味を持った以上、ここに居続けるわけにはいかない」

　なぜそれを、たった数分前の出来事を知っているのだろう。少女の語調は諭すようだったのに、マトイの全身には鳥肌が立っていた。半歩退いて、あなたは誰、と問いかけた。

「あなたがかつて、なりたいと望んだ人よ」

言われて頭のなかから靄《もや》が消える。少女のことを、マトイはたしかに知っていた。目は活発で明るかった近所の子、鼻は万年学級委員だった同級生、頰は甘え上手だったクラスの人気もののそれとまったく同じだった。あんな子になれたら、きっと世界は晴れやかだろう。恋するように陰から見つめ続けた少女たち。


「あなたと一緒に外に出られるの？」

「ええ、そうよ」

「でも、服がない。わたし、外に出られるような服を持っていないの。こんなぼろの布きれしか。自分で縫った服は、自分で着ることができなくて」

「大丈夫。わたしはそのために来たのだから」

少女はマトイの手首を握ると、赤絨毯のうえに引っ張りこんだ。手のなかから巻き尺をもぎ取って、マトイに着ている布を脱ぐよう告げる。上胴、中胴、下胴、総丈、少女はよどみのない手なみでマトイのからだを測っていった。少女の指が肌に触れるたび、その温度の高さに心がふるえた。

「さっそく今から作るから、少し待っていてね」

マトイは窓際のロッキングチェアに腰をおろした。少女は勝手知ったる様子で棚から青い布を持ってくると、マトイにもっとも近いサイズの型紙を当て、チャコペンで印を刻んでいった。採寸した数値を参考に、微調整を加えているようだ。布の裁断が終われば、次は縫製だった。少女がペダルを踏めば、たららら、たららら、と、ミシンは回った。とても快く回った。

いよいよレースを縫いつける段階になって、少女は花柄の小箱を開けた。鈍く光る針と糸を取り出す。ランプの明かりのもと、少女は目を細めて針穴に糸をとおした。糸の色は、レースと同じ波の白。ひと針ひと針丁寧に、少女は手を動かした。

最後にアイロンをかければ完成となる。アイロンは鉄製の、専用のストーブで熱して使うものだ。隅々まで皺を伸ばす少女の額には、てんてんと汗が浮いていた。

そうして渡されたそれに、マトイはすぐさま手をとおした。深い青が肌になじんでいる。サイズはもちろんぴったりで、なにも着ていないようにからだは自由だった。アイロンの熱がまだ残っており、ほのかに温かい。

「さあ、行きましょう。ここから出るの」

「でも……これ」

「なあに？」

「これ、死ぬための服よね？　これを着て、外に出てもいいの？」

少女はくすぐられたように笑った。

「いいのよ。服は服だもの。着る人間が生きたいと望むなら、それは生きるための服よ」

少女と手を繋ぎ、マトイは小屋の戸を開けた。波の音が大きくなる。生ぬるい風が吹いていた。雨のやんだ空を、鳥がゆっくりと旋回している。

「一度出たら二度と戻れないけれど、いい？」

頷く代わりに、マトイは一歩踏みだした。腑《ふぬ》抜けた感触がして、足のしたで湿った砂がつぶれた。

＊

夏がぶり返したような暑い日だった。朝から気温はぐんぐん上がり、ゴミを捨てるため、部屋から一歩外に出ると、強い日差しに軽い吐き気を覚えた。外階段を下りたところで、一階の住人らしき女とすれ違ったが、彼女もTシャツにショートパンツという夏のいでたちだった。ゴミ捨て場の周りは、熱で空気が歪んでいた。

部屋に戻るとすぐ、パソコンで気象情報を調べた。夏型の気圧配置の影響で、今日の最高気温は三十度を超えるとのこと。ここ数日が涼しかっただけに、三十という数字には有無を言わせぬ迫力が宿って見えた。喉の奥で呻きながら週間天気を確認すると、しかし、真夏日なのは今日限りのことらしい。明日は一転して雨で肌寒く、明後日からは平年並みの気温に戻る。気温差で体調を崩さないよう気をつけて、と、太陽をモチーフにしたキャラクターが吹き出しの中で忠告していた。

これはもう、洗濯するしかない。ベッドのマットレスからはシーツを、掛け布団と枕からはカバーを剝いだ。洗面台や台所の手拭きタオルに、玄関マット、洗えるものはすべて洗おうと、片っ端から掻き集めていく。途中、ふと思いつき、着ていたものをすべて脱いで、これも洗濯機に放り込んだ。アルバイトから帰ってきて着替えた服のため、まだ数時間と着ていない。だが、どうせ暑いのだし、明日の洗濯物を少しでも減らしたい気持ちもあって、数日ぶりに全裸で過ごすことにした。

心許なさと快さ、フローリングに肌が張りつく感じや、風に全身をくまなくなぞられることそばゆさ。久しぶりというほどではないが、過ぎ去ったと思っていた季節にふたたび出会えたような感慨はあった。生産が終了したお気に入りの商品と、別の店で思いがけず再会したみたいだ。

夕方、パソコンで記事を書くころには、すっかり全裸生活の感覚を取り戻していた。排泄のあとにはシャワーを浴び、ヤカンでコーヒーを淹れるときには、湯がはねないように気をつけた。特に意識しなくても、自然に身体が動いた。全裸で駆け抜けた今年の夏だったな、と実緒は臍を見ながら思った。

部屋のチャイムが鳴って、実緒は全身を強張らせた。訪ねてくるような友人はもちろんなく、宅配便の類いが届く予定もない。そうなれば、可能性が高いのは新聞や宗教などの勧誘で、実緒はこれに対応するのが大の苦手だった。強く断れないのはもちろん、罪悪感から居留守も使えない。おたおたしながら出ては、話を聞いてしまう。ただ、最後の最後で承諾はしない。結局、青白い顔で押し黙ってしまった実緒に愛想を尽かし、相手のほうが去っていくのだった。

一人パソコンの前で固まっていると、ドアの向こうから声がした。

「実緒さん。千田です」

実緒は椅子から転げ落ちた。派手に音が鳴る。肘から落ちた左腕が痺れて痛い。

「実緒さん、やっぱりいるんですね。出てください。話があります」

春臣と顔を合わせるのは、あの海に行った日以来だった。慌てて椅子を起こし、自身も立ち上がった。玄関までの数メートルがぬかるみのようだ。足の裏全体をつけて、一歩一歩注意深く進んだ。

鍵を解き、ドアを小さく押し開くと、隙間から春臣の顔が覗いた。冷酷な目をしている。ただならぬ雰囲気だ。実緒の背筋がひやりとしたのと同時に、春臣の表情が大きく動いた。

「な、裸っ」

　ここで実緒は、自分が服を着ていなかったことに気づいた。ぎゃっと奇声を上げて、勢いよくドアを閉める。わずか数歩で洋間まで戻り、収納スペースを乱暴に開けた。衣装ケースから下着類とシャツワンピース、レギンスを引っ張り出し、震える手で身につけていく。乱れに乱れた髪の毛のまま、実緒は再度玄関に立った。

「ご、ごめんね。お待たせしました」

　どうぞ、と声をかけると、春臣は何度か激しく瞬きをして、部屋の外と中を何度も見比べた。それから、どこか虚ろな仕草で靴を脱いだ。実緒は一足早く洋間に戻り、パソコンデスクの片づけを始めた。なにかしていないと、不安で胸が張り裂けそうだった。ノートパソコンの横に、飴の包み紙と二本の髪の毛を見つけ、冷や汗がどっと流れる。しかし、春臣は洋間に一歩入ったところで足を止め、それ以上は進もうとしなかった。

「あの、適当に座って。今、お茶を――」

「いりません」

　窓を強く閉めるように拒絶され、実緒は二の句が継げなくなる。筆立てに戻そうと摑んでいたペンが、力の抜けた手から滑り落ちた。デスク上にペンの転がる音が、二人のあいだに虚しく響いた。

「これ、実緒さんが書いたんですよね」

　春臣は肩にかけていたカバンから、厚みのある紙の束を取り出した。縦に二本、折り線が入っている。三つ折りの跡だ。紙の端から端まで行儀よく並んでいる文字については、読まなくても分かった。分かるほどに知り尽くしていた。

そうだと答えたかったが、唇が開かない。喘《あえ》ぐように呼吸をしていると、春臣はさらに小さく一歩、実緒に近づいた。

「答えてください」

声の代わりに頷こうとするも、今度は顎が固まって動かなかった。

「黙ってやり過ごそうったって、そうはいかないですよ。俺には実緒さんが犯人だっていう確信がありますから」

「は、犯人――」

「今日ポストに入っていたやつ、波しぶきを模したレースって出てきて。このあいだ海に行ったとき、実緒さん、同じこと言ってたじゃないですか。波を見て、レース模様みたいって」

今朝もアルバイトが終わったあと、春臣のマンションに寄っていた。海に行った日からこつこつ書いていたものが、昨日の昼に完成したのだ。投函したのは確かに海のワンピースを縫う女の子の話だったが、あの日、波を見てレース模様みたいだと言った覚えはなかった。春臣からの指摘を受けても、どのタイミングで発言したものか、まるで思い出せない。いづみや春臣からどんな反応を受けたのかも記憶になかった。

とにかく、まずは詫びなければならない。頼んでもいないものを押しつけられて、さぞ嫌な思いをしただろう。頭の中には、そんな真っ当な考えも浮かんでいた。しかし、口から出たのは、

「読んでくれていたの？」

春臣の顔が一気に赤黒く染まり、そしてひしゃげた。

「別に俺はっ、文章の中になにか犯人の手がかりがないか探すために目を通していただけで、毎回毎回、本当に怖くて気持ち悪くて。初めは入れるポストを間違えられてるのかもしれないと思ってたけど、それにしては頻繁だし、全然終わる気配もないし」

徐々に春臣の声が湿っていく。ところどころ上擦って、泣き出してしまうのではないかと実緒ははらはらした。怒鳴られて怖いと思うより、昂ぶる春臣の姿に惹かれる気持ちのほうが強かった。こんなに激しく感情を吐露する彼を見るのは初めてだった。

「警察に相談しようかどうか迷ったけど、ほかに被害があるわけでもないし。でもいつか、もっとひどいことが起こったら、そのときはなにかの証拠になるかもしれない。そう思って、気持ち悪くて気持ち悪くて仕方がなかったけど、我慢してとっておいたんだ。それだけだよ、勘違いすんなっ」

そっか、そうだよね、ごめんね、と実緒は首をぐらぐら動かしながら謝罪した。ひどく動揺していた。気味悪がられているとか、嫌がられているなどの可能性は覚悟してい

た。だが、誰とも分からない相手から小説が届くことが、人を怖がらせ、怯えさせるとは、想像だにしていなかった。春臣が嫌だと思ったら、捨てられて終わり。それくらいにしか考えていなかった。

「でも、小説が初めてうちのポストに入っていたの、確か六月の中旬だったよな。俺やいづみと知り合う前だ。なあ、どういうことなの？　大学で会う前から、あんたは俺のことを知ってたってこと？　いつ？　どこで？　だいたい、なんで俺の家を知ってるんだよ」

どこから話せばいいのかと、実緒は目を伏せた。すべての始まりを説明するためには、自分が本を出したことのある身だと明かさねばならない。だが、その踏ん切りがつかない。死に体の作家だと知られたくない。

実緒の無言をどう捉えたのか、春臣の眉がつり上がった。

「もしかして、俺目当てでいづみに近づいたのかよ。俺がいづみと付き合ってたから、いづみに声をかけてきたのかよ」

「違っ――」

弾かれたように顔を上げた。春臣と視線がぶつかる。それだけは違うと否定したかったのに、春臣の充血した目を見ると、言葉は胸につかえた。

「あの……いづみちゃんはこのこと、知ってるの？」

「差出人不明の小説が頻繁に届くってことと？　それとも、その犯人があんただってこと？　どっちも知らないよ。知らせてないよ。いづみの性格を考えたら分かるだろ？　ポストに変なものが入れられてるって知ったら、たぶんものすごく心配する。言えるわけないだろ」

一瞬、途方もない安堵感で目の前が白くなった。両手を口に当て、よかった、と呟いた。本当によかった。危うくいづみまで怖がらせるところだった。二人の関係の邪魔立てをするところだった。

「だいたい、なんなんだよ、小説って……。なんで、なんで俺にこんなものを書いて――」

くしゃ、と紙の潰れる音がした。紙束を握る春臣の手に、明らかに力がこめられている。手の甲には血管が浮かび上がっていた。

「いろいろ問いただそうと思って家に来たら、あんたはなぜか全裸でいるし、もう怖いよ。なんなの、あんた、本当になんなの」

春臣の声の震えが一層大きくなった。こちらを睨《にら》む目は潤み始め、頬は引きつっている。頬には赤みが差しているのに、唇はやけに青白い。

実緒は心を決めた。

「違うの。あのね、私が初めて春臣くんを見たのは半年前で――」

「黙れよっ」

命令に従ってではなく、大声に驚いて実緒は口をつぐんだ。

「今さら、本当に理由や経緯を知りたいわけじゃないんだよ。だいたい、知っても許せない。許さない」

「ごめん、なさい」

なんてことをしてしまったのだろうと、脚が震えるような後悔がようやく湧き上がる。どうしてあの日、春臣のあとをつけてしまったのだろう。どうして誰かが自分の小説を手に取る瞬間を見たいと願ってしまったのだろう。そもそも自分はどうして、小説など書き始めてしまったのだろう。己に対する腹立たしさで、胃が締めつけられるようだ。痛みに必死に耐えていると、春臣の表情が怒りに爆ぜた。

「なににやにや笑ってんだよ、気持ち悪い。二度と俺やいづみに関わるんじゃねえっ」

春臣は紙束を実緒に向かって投げつけた。数十枚ものA4用紙が宙を舞う。ひらひらと左右に細かく揺れながら、フローリングまで落ちていく。洋間の半分は白い紙に埋め尽くされた。

「次に俺らになにかしてきたら、即行で警察に連絡するからな」

そう言い捨て、春臣は逃げるように部屋を去っていった。遠く、外階段を駆け下りていく音が聞こえる。実緒は紙の絨毯の真ん中に突っ立ったまま、指一本動かせなかった。

全部終わってしまった。一瞬のうちに、なにもかも消えてしまった。意識に穴が開いて、ものごとを上手く感知できない。アパートの前を通り過ぎていく小学生の声が、やけに反響して聞こえた。

そのとき、パソコンデスクの上でスマートフォンが震えた。春臣がなにか言い忘れたのか、それともいづみが勘づいたか。実緒は恐る恐る近づいた。踏まれたコピー用紙が、足の下で乾いた音を立てた。

スマートフォンの画面には、渡瀬の名があった。すぐには誰だか分からず、実緒は二、三度目を瞬《しばたた》いた。ああ、担当してくれていた編集者の、と思い当たった瞬間、目の少し飛び出した中年男の顔が頭をよぎった。グレーがかった頭髪と、常時彼から放たれている異様な熱気。彼とは本当にいろんな話をした。彼しか話し相手がいない時期があった。

「もし、もしもしっ」

「あー、佐原さん？　僕だけど」

渡瀬の声は、沈鬱だった部屋を熱風のように抜けていった。

「あれから調子、どう？　書けてる？」

「えっと、あの」

実緒が言い淀むと、渡瀬はさらに続けた。

「どんなに短くてもいいから、なにか書けたら本当に見せてよ。雑誌に載せてあげる、みたいなことはできないけどさ。僕、本当に佐原さんの作品が好きだから」

焦点が急に定まった。視界の明るさも正常値を取り戻す。冷え切っていた身体の奥に熱が灯り、実緒は踊るように部屋を見回した。長方形の紙が散乱している。裏返っているもの、重なり合っているものもあって、印刷面のすべてが読めるわけではない。しかし、膨大な数の言葉が、文章が、物語が、今、自分を見上げているのを感じた。すべてが消えたわけではなかった。

一度出たら二度と戻れない。いつか書いた、誰かの台詞が目に入る。自分はもう、薄暗い水の中には引き返せない。

「あの、実は掌編が」

「掌編？」

「いっぱい、あの、たぶん二十作以上はあり、ます。でも、どこかに出すつもりで書いたわけではないので、出来は、ちょっと分からないんですけど」

「え、読みたい読みたい。渡す当てもないのに書いたってことは、佐原さんが本当に書きたくて書いたものってことでしょ？　読ませてよ」

そうだ、書きたくて書きたくて、書いたのだ。掌編に取り組んでいるときは、書かなければならない焦りとは無縁だった。改めて床に散らばった紙を見つめる。小説を書く理由など、書きたい意思がすべてだ。

私には小説しかない、のではない。私は小説を書く。読んで欲しい人は、いつだって私の中にいる。

身体の奥に生まれた熱が大きく膨らむ。手足の末端までが温かい。

「あと今、ちょっと書きたい話があって、それは少し長くなるかなって思ってるんですけど」

「へえ。どんなの？」

「自分は透明人間だと思い込む人の話で——」

一言一句まで向こう側に届くよう、スマートフォンを口元に強く押し当てる。頭に浮かぶ断片は、言葉にした途端、すべて実緒の味方になった。渡瀬が、ちょっとどころじゃないじゃん、と笑い出すまで、実緒はいつまでも喋り続けた。

解説

児玉雨子

この解説を書いているたったいま、皮肉にも「透明」な敵がやってきて、街は音もなく立ち尽くしている。自己と他者、越境と排他――さまざまな対他者観がいま、地球にへばりついた家々の底で再形成されているのだろう。先の十年間はＳＮＳの発展・普及と、日本では震災もあり、他者との「絆《きずな》」に心身を文字通り絆《ほだ》された時代だったように思う。ところが年代を跨《また》いだ途端、わたしたちはむやみにお互い近づいたり、触れ合ったり、集まったりすることを控えなくてはならなくなった。それは肉体だけでなく、衛生・死生観や思想の違いから心的距離を置いた相手がいたり、その反対に会わないことで相互理解が深まったひとたちもいたりする。

そんな状況下で本書をめくれば、あまりにも、あまりにも「いままで」がページの間に挟み込まれているようだと、どうしてもこじつけに近い読みをしてしまう。このささやかで深刻な日々へ帰りたくなる。とはいっても、決して本作品は「いままで」だけを語るものでも、時代とともに褪色《たいしょく》してゆくものでもない。むしろ、心理的にも物理的にも他者との距離を再考せざるを得ない「いま」、そして「これから」へ向けた叫びだと捉えるのは、いささか解釈が飛躍してしまっているだろうか。

　おそらくこの文庫本裏表紙に美しくまとまっているだろうけど、この小説の筋をあらためて雑駁《ざつぱく》に記しておきたい。華々しくデビューしたものの、それ以降ぱっとしない若手小説家・実緒《みお》が、自身の唯一の作品を書店で手に取った男子大学生の春臣《はるおみ》をストーキングし、特定した彼の家のポストに掌編小説を投函《とうかん》する日々。あるとき彼のＳＮＳを通じて春臣の恋人であるいづみと出会い、春臣と知り合い、ふたりと友好関係を築くものの、正体を暴かれ、ふたりと別れた末に、もう一度本格的に小説を書くことを決意する——。作品特設サイト等で「グレーな青春小説」と紹介されている通り、カビの臭いが初夏の風に運ばれてきたような、気持ち悪さとさわやかな心地が綯《な》い交《ま》ぜになる。時折挿入される小説のファンタジーと、それを書いている実緒の、グロテスクに感じるほどのリアリティ。読者の視線はこの明暗を行き来するのではなく、これらの渦に巻き込まれてゆく。

　リアリティの滲出《しんしゅつ》する心情が描かれながらも、倒錯的な行動を取る実緒は、幾度も透明人間になりきって妄想を繰り広げているが、彼女自身はそうなりきれない、いわば「半透明人間」なのだ。作中、ハプロフリュネー・モリスという深海魚がふいに登場しては通過していった。同種とつがえず、たったひとりで光も届かない深海を彷徨《さまよ》っている、という彼らの性質は実緒の生活を連想させるが、なによりも、ゲームボーイや初代iMacなど九十年代に大流行した「スケルトン」を彷彿《ほうふつ》させる、その姿こそが彼女を象徴している（いずれもご存じない方はぜひ画像検索してみてください）。半透明はかえって目立つ。たとえ形が凡庸でも、それを凌《しの》ぐ違和感でもって好奇や驚きのまなざしに晒《さら》されるだろう。しかし奇妙なものは、ただ「奇妙」なだけなのだ。それに対峙《たいじ》する者や立っている場によって、是か非か、美か醜か、幸か不幸か、好ましいのかいやらしいのか、その存在の意味や評価は変容させられる。彼女を気味悪がる者もいれば、初代担当編集者のように存在価値を見いだす者もいるのだ。そして、彼女はそのどちらにもなりきれない、いや、どちらでもある存在だからこそ、社会生活にここまで骨を折っている。

実緒が小説家なので「人生すら荒削りな若きクリエイターの苦悩」だとか「妄想に入り浸っている不思議ちゃんのおはなし」とかといったように読むこともできる。たしかに、泳ぎに喩《たと》えられた書くことの苦しみやその動機について、わたしは首が折れて飛んでいってしまいそうなくらい頷《うなず》いた。なにかものを書いていたり作っていたりするひとの胸を刺すことばも少なくない。けれどそれだけに注視することは、この物語をジオラマのように矮小化《わいしょうか》してしまうと思う。全裸生活のように、彼女の行動は「半透明」な存在にしては極端なものの、たとえば服を買う時の衝動性を、実緒という人物を特徴づけるただのエピソードとして片付けることができない読者もいるのではないか。面接やデートなど、自分が「見られる」ことを強く意識せざるを得ない場面にさいして、それまで当たり前に着ていた服が、たちまちどうしようもなくくすんで見えたことはないだろうか。彼女の「他人に認知されなければ、生きること自体が始まらない」「一人ぼっちの世界なんて無も同じ」といった思考はその根底にあって、まったく奇天烈ではないはずだ。この約十年で人口に膾炙《かいしゃ》しすぎたあまり風味が変わってしまった「承認欲求」という語があるが、実緒のそれは、文字をなぞるようにそのまま、誰かに認知されたい、という純朴な欲望だと感じる。より多くの知らないひとからより耳触りのよいことばでチヤホヤされたい、という現在の語義以前の、さみしさ。

春臣の後をつけ、部屋の中では全裸で過ごし、エゴサーチし、透明人間になって春臣といづみの時間を観察する妄想をする――実緒は当初、自らは他者を「見る」立場――世界の読者になりきっていたものの、一方で「見られる」ことにも過敏で、むしろ周囲からの評価に寄せて自己改造してしまう一面もある。それまではただ性別が女であるだけで、若いだけで、読書が好きなだけで、小説が書きたいから書いただけだった。新人賞を受賞し、女子高生小説家という珍しい生き物（「女子高生」を冠した職業はプロデュースされ尽くしてしまい、そのことばの響きはもはや陳腐以外の何物でもないのだが……）として扱われても、実緒は驚くほど従順だ。肩書きを利用し返す打算は彼女にはないし、かといって抵抗すべき、屈辱的な障害も感じていない。むしろ小説の道は学校という苦海《くかい》に垂らされた糸のようで、波にさらわれないように強く強く握りしめて、離したくなかっただけなのだ。求められたら、額面通りに受け取ってなんでもやってしまう。ある種のサーヴィス過剰だ。

好き放題にかけられる他者からのことばに従順な実緒だが、自分の心にはぜんぜん耳を貸さない。聞いてやれない。それが顕著なのは、彼女の「あちら側」と「こちら側」の認識だろう。特にいづみと対峙するたびに「あちら側」を意識しているが、その「あちら側」とは読者や物書き志望者を、「こちら側」は書き手やプロのクリエイターを指すのでは決してない。友達と海へ遊びに行ったり、憧れやしたいことをそのまま素直に口にできたりするか否かが境目なのだ。もちろん、実緒は後者だ。できない。かろうじて「したかった」と過去形でなら語れるが、その場ではうろたえて、魚のように口をぱくぱくと動かすことしかできない。いづみは前者だ。欲しいものは欲しいと声に出すことができる。できすぎてしまうから、悪意なく「こちら側」を蹂躙《じゅうりん》してしまう。いづみが賞に応募した小説も、幻想的な実緒の掌編に対し、身内の実話を元にした、言うなればずるくて、やや無神経なものだった。でも、彼女を嫌いになりきれないのは、彼女と実緒はベクトルが異なっても、同じくらい振る舞いやことばが澄み切っているからだろうか。彼女の恋人の春臣は、最も「グレー」な立場だろう。彼の日々は大学生らしくそれなりにきらめいている。けれどいづみほど未来が拓けていて、したいことにすべてを委ねられるわけではない。そんなふうに窺《うかが》える。ひょっとしたら読者の中には、実緒よりも彼に自己投影をし、胸を締められたひともいるかもしれない。三人ともこの世を切実に暮らしている。互いの距離感がほんのちょっとずつ合わなかっただけで。

著者の奥田さんは二〇一八年に『青春のジョーカー』でも「こちら側」と「あちら側」について、性交経験の有無やスクールカーストによって書いている。その描写はほんとうに容赦がない。「こちら側」の人間にとっては共感どころか、眠っていたトラウマを叩《たた》き起し、更に目覚めの一発をお見舞いしてくるほど苛烈だ。この『透明人間は204号室の夢を見る』と同様、もう少しだけでもお手柔らかにしてください死んでしまいます、と命乞いをしたくなる。いずれの作品もメジャーできらきらと輝いている「あちら側」に対し、みすぼらしくてマイナーな「こちら側」を、しかし、断罪し加虐しているわけではない。むしろ「こちら側」も間違っているわけではないのだと、小説そのものが語りかけてくれるようだ。半透明——奇妙であることが、浩々《こうこう》たる美しい海を汚染しているだろうか。着たい服があるなら、誰の指図も受けずにその体にまとえばいい。きれいじゃなくたって、憧れは憧れだ。内在する意思へ向けて小説を書くことこそ、実緒が外界へ接続するための唯一にして最善の手段なのだろう。そして、この小説はそういったたったひとつだけの武器や勝負服を持っているひとの頬を殴り、耳元でフライパンなどの金物をけたたましく叩き鳴らしながら、目を覚ませ、あなたは勝っていなくても、敗北者なんかではないのだ、と叱咤《しった》し、賛美する物語でもあるのだ。

（こだま・あめこ　作詞家）

本書は、二〇一五年五月、書き下ろし単行本
として集英社より刊行されました。

奥田亜希子の本

左目に映る星

「私はたぶん、この世界の誰とも付き合えない」

他人に恋愛感情が持てず、刹那的な関係を繰り返す26歳の早季子は、かつて存在した「完璧な理解者」と同じ癖を持つ人の存在を知り——。

奥田亜希子の本

青春のジョーカー

クラスで最底辺のグループに所属している中学三年生の基哉。大学デビューを果たした兄に誘われて参加したBBQで一人の女子大生と出会い、学校生活においての「ジョーカー」を知るが……。

集英社文庫　目録（日本文学）

太田和彦　ニッポンぶらり旅 可愛いあの娘《こ》は島育ち
太田和彦　ニッポンぶらり旅 山の宿のひとり酒
太田和彦　おいしい旅 錦市場の木の葉丼とは何か
太田和彦　おいしい旅 夏の終わりの佐渡の居酒屋
太田和彦　おいしい旅 昼の牡蠣そば、夜の渡り蟹
太田和彦　東京居酒屋十二景
太田和彦　町を歩いて、縄のれん
太田　光　パラレルな世紀への跳躍
大竹伸朗　カスバの男 モロッコ旅日記
大谷映芳　森とほほ笑みの国 ブータン
大槻ケンヂ　わたくしだから改
大橋　歩　くらしのきもち
大橋　歩　おいしい おいしい
大橋　歩　テーブルの上のしあわせ
大橋　歩　日々が大切
大前研一　50代からの選択 ビジネスマンは人生の後半にどう備えるべきか

大森寿美男 重松清・原作　アゲイン 28年目の甲子園
岡崎弘明　学校の怪談
岡篠名桜　浪花ふらふら謎草紙
岡篠名桜　見ざるの天神さん 浪花ふらふら謎草紙
岡篠名桜　雪の夜明け 浪花ふらふら謎草紙
岡篠名桜　芝居巡り 浪花ふらふら謎草紙
岡篠名桜　花の懸け橋 浪花ふらふら謎草紙
岡篠名桜　屋上で縁結び
岡篠名桜　日曜日のゆうれい 屋上で縁結び
岡篠名桜　縁つむぎ 屋上で縁結び
岡田裕蔵　小説版ボクは坊さん。
岡野あつこ　ちょっと待ってその離婚！ 幸せはどっちの側に？
岡本嗣郎　終戦のエンペラー 陛下をお救いなさいまし
岡本敏子　奇跡
小川　糸　つるかめ助産院
小川　糸　にじいろガーデン

小川貢一　築地魚の達人 魚河岸三代目
小川洋子　犬のしっぽを撫でながら
小川洋子　科学の扉をノックする
小川洋子　原稿零枚日記
小川洋子 平松洋子　洋子さんの本棚
荻原博子　老後のマネー戦略
荻原　浩　オロロ畑でつかまえて
荻原　浩　なかよし小鳩組
荻原　浩　さよならバースディ
荻原　浩　千年樹
荻原　浩　花のさくら通り
荻原　浩　逢魔が時に会いましょう
荻原　浩　海の見える理髪店
奥泉　光　虫樹音楽集
奥泉　光　東京自叙伝
奥田亜希子　左目に映る星

集英社文庫　目録（日本文学）

集英社文庫　目録（日本文学）

恩田陸　光の帝国　常野物語
恩田陸　ネバーランド
恩田陸　ねじの回転(上)(下)　FEBRUARY MOMENT
恩田陸　蒲公英《たんぽぽ》草紙　常野物語
恩田陸　エンド・ゲーム　常野物語
恩田陸　蛇行する川のほとり
開高健　オーパ！
開高健　風に訊け
開高健　オーパ、オーパ!!　アラスカ・カナダ カリフォルニア篇
開高健　オーパ、オーパ!!　アラスカ至上篇 コスタリカ篇
開高健　オーパ、オーパ!!　モンゴル・中国篇 スリランカ篇
開高健　知的な痴的な教養講座
開高健　風に訊け　ザ・ラスト
開高健　青い月曜日
海道龍一朗　華、散りゆけど　真田幸村 連戦記
海道龍一朗　早雲立志伝

加賀乙彦／津村節子　愛する伴侶《ひと》を失って
垣根涼介　月は怒らない
柿木奈子　さいはてにて　やさしい香りと待ちながら
角田光代　みどりの月
角田光代／佐内正史　だれかのことを強く思ってみたかった
角田光代　マザコン
角田光代　三月の招待状
角田光代／松尾たいこ　なくしたものたちの国
角田光代他　チーズと塩と豆と
角幡唯介　空白の五マイル　チベット、世界最大のツアンポー峡谷に挑む
角幡唯介　雪男は向こうからやって来た
角幡唯介　アグルーカの行方　129人全員死亡、フランクリン隊が見た北極
角幡唯介　旅人の表現術
梶よう子　柿のへた　御薬園同心 水上草介
梶よう子　お伊勢ものがたり　親子三代道中記
梶よう子　桃のひこばえ　御薬園同心 水上草介

梶よう子　花しぐれ　御薬園同心 水上草介
梶井基次郎　檸檬
梶山季之　赤いダイヤ(上)(下)
片野ゆか　ポチのひみつ
片野ゆか　ゼロ！　熊本市動物愛護センター10年の闘い
片野ゆか　動物翻訳家　心の声をキャッチする、飼育員のリアルストーリー
かたやま和華　猫の手、貸します　猫の手屋繁盛記
かたやま和華　化け猫、まかり通る　猫の手屋繁盛記
かたやま和華　大あくびして、猫の恋　猫の手屋繁盛記
かたやま和華　されど、化け猫は踊る　猫の手屋繁盛記
かたやま和華　笑う猫には、福来《きた》る　猫の手屋繁盛記
かたやま和華　ご存じ、白猫ざむらい　猫の手屋繁盛記
加藤元　四百三十円の神様
加藤千恵　ハニー ビター ハニー
加藤千恵　さよならの余熱
加藤千恵　ハッピー☆アイスクリーム

集英社文庫　目録（日本文学）

集英社文庫

透明人間《とうめいにんげん》は204号室《ごうしつ》の夢《ゆめ》を見《み》る

2020年5月25日　第1刷　　定価はカバーに表示してあります。

著　者　奥田亜希子《おくだあきこ》

発行者　徳永　真

発行所　株式会社　集英社

東京都千代田区一ツ橋2-5-10　〒101-8050

電話　【編集部】03-3230-6095

【読者係】03-3230-6080

【販売部】03-3230-6393(書店専用)

印　刷　大日本印刷株式会社

製　本　大日本印刷株式会社

フォーマットデザイン　アリヤマデザインストア　　マークデザイン　居山浩二

ISBN978-4-08-744109-3 C0193